Zu diesem Buch

»Weder Roth noch seine Landsleute Bellow und Malamud, bei denen ebenfalls stets Intellektuelle im Mittelpunkt stehen, langweilen ihr Publikum. Sie erzählen mit Humor und Witz, sie haben Sympathie für menschliche Schwächen, und mehr als jeden Kalauer scheuen sie das Gestelze, das Gedrechselte, das hierzulande so häufig als Literatur reüssiert. Daß es bei allen dreien stets um jüdische Intellektuelle geht, ist übrigens bei ihnen, die selbst Juden sind, kein zufälliges oder gar ornamentales Beiwerk, sondern ein Hauptthema der Geschichte... Das Familienmilieu der Zuckermans ist mit Sympathie, mit Liebe gezeichnet. Nachdem es in der heutigen deutschen Literatur von elenden, bornierten, schurkischen Vaterfiguren nur so wimmelt, ist es geradezu ein Labsal, endlich einmal einem sympathischen Vater zu begegnen. Dabei ist dieser liebenswürdige Mann samt seiner Sippe durchaus im Unrecht. Sie verlangen nämlich von dem schriftstellernden Sohn nichts Geringeres, als angesichts des fortdauernden Judenhasses in der Welt über jüdische Probleme, jüdische Menschen nur positiv zu schreiben. Um sich mit der Familie auszusöhnen, verfällt Nathan, den der Vorwurf des Nestbeschmutzers schmerzt, auf den Einfall, den Eltern die berühmteste jüdische Schriftstellerin dieses Jahrhunderts als Schwiegertochter ins Haus zu bringen. Man wird kaum erraten, wen der ausgepichte Literaturkenner Roth uns da präsentiert: Anne Frank, das Mädchen aus dem Amsterdamer ›Achterhuis‹. Sie ist das Gespenst des Titels, für das Ghost Writer Nathan eine Geschichte erfindet. Doch damit nicht genug: sie ist gleichzeitig eine in Lonoffs Haus lebende hysterische Studentin, die sich für die dem Holocaust entronnene Anne Frank hält.« (»Frankfurter Allgemeine Zeitung«)

Philip Roth, geboren am 19. März 1933 in Newark/New Jersey, studierte an der Bucknell University in Lewisburg/Pennsylvania und graduierte 1955 zum Master of Arts für englische Literatur an der Universität Chicago.

Von Philip Roth erschienen als rororo-Taschenbücher außerdem: »Portnoys Beschwerden« (Nr. 11731), »Goodbye, Columbus!« (Nr. 12210), »Zuckermans Befreiung« (Nr. 12305), »Die Anatomiestunde« (Nr. 12310), »Die Prager Orgie« (Nr. 12312), »Mein Leben als Mann« (Nr. 13046) und »Professor der Begierde« (Nr. 22285).

Philip Roth

Der Ghost Writer

Roman

Aus dem Amerikanischen
von Werner Peterich

Rowohlt

Für Milan Kundera

11.–13. Tausend März 1998

Veröffentlicht im Rowohlt Taschenbuch Verlag GmbH,
Reinbek bei Hamburg, August 1988
Die Originalausgabe erschien 1979 unter dem Titel
»The Ghost Writer« bei Farrar, Straus & Giroux, New York

Umschlaggestaltung Jürgen Kaffer
(Foto: Robert Whitman)
Gesamtherstellung Clausen & Bosse, Leck
Printed in Germany
ISBN 3 499 12290 1

1 Maestro

Es war zur letzten Stunde des Tageslichts an einem Dezembernachmittag vor mehr als zwanzig Jahren – ich war dreiundzwanzig, schrieb und veröffentlichte gerade meine ersten Short-Stories und liebäugelte wie schon so mancher Held eines Bildungsromans vor mir mit einem eigenen gewichtigen Bildungsroman – als ich vor seinem Schlupfwinkel anlangte, um den großen Mann kennenzulernen. Das schindelgedeckte, holzverschalte Farmhaus stand dreihundertundfünfzig Meter über dem Meeresspiegel am Ende eines Feldweges in den Berkshires – und dennoch trug die Gestalt, die aus dem Arbeitszimmer hervortrat, um dem Besucher eine umständliche Begrüßung zuteilwerden zu lassen, einen korrekten Gabardineanzug, eine blaue Strickkrawatte, die mit einem schlichten Silberklip am weißen Hemd festgeklemmt war, und glänzend polierte schwarze Schuhe wie ein Geistlicher, was mir die Vorstellung eingab, er steige vom Thron eines Schuhputzers herab und nicht vom Hochaltar der Kunst. Ehe ich mich wieder genügend gefaßt hatte, um die gebieterische, autokratische Art zu bemerken, mit der er das Kinn reckte, oder die hoheitsvolle, eher pedantisch denn elegant wirkende Weise, mit der er bemüht war, seine Kleidung zu ordnen, bevor er Platz nahm – ja, um überhaupt etwas anderes wahrzunehmen als daß ich es wunderbarerweise von meinen unliterarischen Ursprüngen bis hierher, zu ihm, geschafft hatte – fand ich, daß E. I. Lonoff mehr wie ein Schulinspektor aussah denn wie New Englands originellster Geschichtenerzähler seit Melville und Hawthorne.

Nicht daß der New Yorker Klatsch mich etwas Imposanteres hätte erwarten lassen. Als ich letzthin seinen Namen vor den gestrengen Richtern meiner ersten Verlagsparty in Manhattan erwähnt hatte – ich war, aufgeregt wie ein angehender Filmstar, am Arm eines älteren Lektors erschienen – war Lonoff fast im Handumdrehen von den anwesenden Geistesgrößen abgetan worden, als ob es komisch sei, daß ein Jude seiner Generation den Sproß einer alten New England-Familie geheiratet und all die Jahre »auf dem Lande« gelebt hatte – das heißt, in der *gojischen* Wildnis von Vögeln und Bäumen, wo Amerika seinen Anfang genommen und vor langer Zeit geendet hatte. Da jedoch alle anderen Berühmtheiten, deren Namen ich auf dieser Party nannte, den Eingeweihten samt und sonders ein wenig lächerlich zu sein schienen, hatte ich mir, was ihre satirische Beschreibung des berühmten ländlichen Einsiedlers betrifft, eine gewisse Skepsis bewahrt. In der Tat, nach dem, was ich auf dieser Party erlebte, fing ich an zu begreifen, daß es für einen Schriftsteller – sei er nun Jude oder nicht – vielleicht gar keine so schlechte Idee war, sich dreihundertfünfzig

Meter hoch in den Bergen nur unter Vögeln und Bäumen zu verkriechen.

Das Wohnzimmer, in das er mich führte, war hübsch, gemütlich und einfach eingerichtet: ein großer runder Schlingteppich, ein paar Sessel mit abnehmbaren Bezügen, ein recht durchgesessenes Sofa, Klavier und Plattenspieler sowie ein eichener Bibliothekstisch, auf dem säuberlich gestapelt Stöße von Zeitungen und Zeitschriften lagen. Die eierschalfarben gestrichenen Wände über der weißgelackten Täfelung waren kahl bis auf ein halbes Dutzend Amateur-Aquarelle, die das alte Farmhaus in den verschiedenen Jahreszeiten zeigten. Hinter den kissenbelegten, zum Sitzen einladenden niedrigen Fensterbänken und den ungefärbten, baumwollenen, straff zur Seite gebundenen Vorhängen konnte ich die kahlen Äste eines großen dunklen Ahornbaums sowie schneeüberwehte Felder sehen. Reinheit. Heiterkeit. Schlichtheit. Abgeschiedenheit. Die ganze Konzentration, alles Brodelnde und alles Ursprüngliche, das man in sich trägt, ausschließlich dazu bestimmt, der den ganzen Menschen beanspruchenden, hochgespannten, alles übersteigenden Berufung zu dienen. Ich sah mich um und dachte: genau so werde auch ich leben.

Nachdem er mich zu einem von zwei Lehnsesseln, die neben dem Kamin standen, geleitet hatte, nahm Lonoff den Funkenschirm fort und spähte in den Kamin, um sich zu vergewissern, daß die Lüftungsklappe auch offen sei. Mit einem Streichholz entzündete er das Anmachholz, das offenbar in Erwartung unseres Gespräches dort aufgeschichtet worden war. Sodann stellte er den Funkenschirm mit einer solchen Akkuratesse wieder an seinen Platz zurück, als gälte es, ihn in eine dafür vorgesehene Halterung in der Feuerstelle einrasten zu lassen. Nachdem er sich überzeugt hatte, daß die Scheite brannten – befriedigt, ein Feuer angezündet zu haben, ohne das zweihundert Jahre alte Haus oder seine Bewohner in Gefahr zu bringen – war er endlich bereit, sich mir zuzuwenden. Mit Händen, die sich so behend und behutsam bewegten, daß sie fast etwas Damenhaftes hatten, zog er die Bügelfalte eines jeden Hosenbeins ein wenig in die Höhe und nahm dann Platz. Er bewegte sich mit einer für einen so großen und fülligen Mann bemerkenswerten Gewandtheit.

»Wie möchten Sie am liebsten angeredet werden?« fragte Emanuel Isidore Lonoff. »Nathan, Nate oder Nat? Oder ziehen Sie überhaupt eine andere Anrede vor?« Freunde und Bekannte riefen ihn Manny, erklärte er mir, und genau das solle ich auch tun. »Das erleichtert die Unterhaltung.«

Ich bezweifelte das, lächelte jedoch, um zu verstehen zu geben, daß ich gehorchen würde, egal, wie verlegen mich das machte. Daraufhin stürzte der Meister mich in womöglich noch größere Verlegenheit, indem er mich aufforderte, aus meinem Leben zu berichten. Unnötig zu sagen, daß es 1956 noch nicht viel zu erzählen gab – zumindest meiner Ansicht nach nichts, was einen so lebenserfahrenen und tiefsinnigen Mann interessieren könnte. Ich war von hingebungsvoll sorgenden Eltern in Newark in einem Viertel großgezogen worden, das weder reich noch arm war; ich hatte einen jüngeren Bruder, von dem es hieß, er vergöttere mich; an einer guten Newarker Schule und einem hervorragenden College hatte ich mich genau so entwickelt, wie Generationen meiner Ahnen es von mir erwartet hatten; danach hatte ich meinen Wehrdienst abgeleistet, war dabei nur eine Stunde von daheim entfernt stationiert gewesen und hatte, während jenes große Schlachten, für welches mein Leib nach dem Willen der Einberufungsbehörde eigentlich bestimmt sein sollte, in Korea zu einem blutigen Ende gebracht wurde, Informations-Handzettel für einen Major von Fort Dix verfaßt. Seit meiner Entlassung hatte ich im fünften Stock eines alten Mietshauses ohne Fahrstuhl am unteren Broadway gelebt und geschrieben, in einer Wohnung, die von meiner Freundin, als sie zu mir zog und versuchte, sie ein wenig wohnlicher zu machen, als die Klause eines unkeuschen Mönchs charakterisiert worden war.

Um meinen Lebensunterhalt zu verdienen, fuhr ich drei Tage in der Woche auf die andere Seite des Hudson nach New Jersey hinüber und versah dort einen Job, dem ich mit Unterbrechungen seit meinem ersten Sommer im College nachgegangen war; damals hatte ich mich auf eine Anzeige hin beworben, in der kontaktfreudigen Vertretern eine hohe Provision versprochen wurde. Um acht Uhr eines jeden Morgens wurde unsere Mannschaft in irgendeine Kleinstadt in New Jersey gekarrt, wo wir von Haus zu Haus gehen und Zeitschriftenabonnements abschließen sollten, und um sechs wurden wir vor einer zuvor verabredeten Kneipe wieder eingeladen und von unserem Boss, McElroy, ins Zentrum von Newark zurückgebracht. McElroy war ein Alkoholiker, allerdings immer schick in Schale, und wurde es nie müde, uns – zwei idealistisch gesonnene junge Männer, die ihren Verdienst beiseite legten, um damit ihre Ausbildung bezahlen zu können, sowie drei schwunglose alte Hasen, blasse, aufgeschwemmte Männer, die durch alle möglichen Mißgeschicke Schiffbruch im Leben erlitten hatten – eindringlich zu warnen, uns nicht an die Hausfrauen heranzumachen, die wir mit Lockenwicklern im Haar allein zu Hause vorfanden: es könne einem blühen, daß ein zornentbrannter Ehemann einem den Hals umdrehte, man laufe Gefahr, ganz fürchterlich erpreßt zu werden, und man könne sich fünfzig verschiedene ekelhafte Arten von Tripper holen; ja, was noch einschneidender sei: jeder Tag habe nur soundsoviele Stunden. »Entweder rumvögeln«, riet er uns kalt, »oder *Silver Screen* verkaufen. Ihr könnt es euch aussuchen.« – ›Mammons Moses‹ nannten wir beiden Studenten ihn. Da keine einzige grüne Witwe jemals den Wunsch zu erkennen gegeben hatte, mich in den Flur hineinzubitten, damit ich mich vielleicht eine Weile ausruhen könnte – und ich hielt ständig mit wachen Augen Ausschau nach irgendwelchen Anzeichen lasziver Wünsche, die in Frauen jeden Alters aufflammen mochten, welche auch nur halbwegs bereit schienen, mir hinter ihrer Fliegendrahttür zuzuhören – entschied ich mich notgedrungenerweise dazu, Erfüllung in der Arbeit zu suchen und nicht im Leben; daher hatte ich am Ende eines jeden langen Tages mühseliger Klinkenputzerei zwischen zehn und zwanzig Dollar Provision in der Tasche und meine makellos saubere Zukunft noch vor mir. Es waren nur wenige Wochen vergangen, seit ich dieses profane Leben – samt der nicht mehr geliebten Freundin in der Wohnung im fünften Stock ohne Fahrstuhl – aufgegeben und mit Hilfe des erlauchten New Yorker Lektors als angehender Schriftsteller für die Wintermonate ein Stipendium für Quahsay erhalten hatte, die ländlich-einsame Künstlerkolonie in einem anderen Bundesstaat, aber nur wenige Meilen von Lonoffs Berg entfernt.

Von Quahsay aus hatte ich Lonoff die literarische Vierteljahreszeitschriften geschickt, die meine Stories gebracht hatten – vier bis jetzt – und dazu einen Brief geschrieben, in dem ich ihm erklärte, wieviel er mir bedeutet habe, seit ich »vor ein paar Jahren« im College auf sein Werk gestoßen sei. Im selben Atemzug hatte ich erwähnt, daß ich seine »Geistesverwandten« Tschechow und Gogol für mich entdeckt hätte und war fortgefahren, ihm auf andere unmißverständliche Weise deutlich zu machen, was für ein ernsthafter Literat ich sei – und Hand in Hand damit, wie jung noch. Freilich war ich bei nichts, was ich je geschrieben hatte, dermaßen ins Schwitzen geraten wie bei diesem Brief. Alles, was doch unleugbar stimmte, war mir, sobald ich es niedergeschrieben hatte, fadenscheinig und falsch vorgekommen, und je mehr Mühe ich mir gegeben hatte, aufrichtig zu sein, desto schlimmer war es geworden. Schließlich schickte ich ihm den zehnten Entwurf und versuchte dann hinterher, dem Briefkasten meinen Arm in den Rachen zu stoßen, um ihn wieder herauszuangeln.

Mit meinem Lebensbericht in dem einfachen und gemütlichen Wohnzimmer erging es mir nicht besser. Da ich es nicht über mich brachte, angesichts von Lonoffs Kaminsims aus der amerikanischen Frühzeit auch nur den harmlosesten schlüpfrigen Ausdruck zu gebrauchen, geriet mir meine Nachahmung von Mr. McElroy – sehr beliebt bei meinen Freunden – nicht sonderlich eindrucksvoll. Auch konnte ich nicht ohne weiteres über all das reden, wovor McElroy uns gewarnt hatte, oder auch nur andeuten, wie sehr ich in Versuchung gewesen wäre einzuwilligen, wenn auch nur die leiseste Gelegenheit gewinkt hätte. Meinem von allem Anstößigen gereinigten Bericht über mein doch einigermaßen ereignisloses kurzes Leben zufolge, hätte man meinen können, daß ich, statt einen warmherzigen und liebenswürdigen Brief mit der Einladung, ihn zu besuchen und einen angenehmen Abend in seinem Hause zu verbringen, von dem berühmten Schriftsteller erhalten zu haben, diese Fahrt unternommen hätte, um mich vor dem gestrengsten aller Inquisitoren zu rechtfertigen und ihn in einer außerordentlich dringenden persönlichen Angelegenheit um Hilfe zu bitten und daß, wenn ich nur ein einziges falsches Wort sagte, etwas unendlich Kostbares für mich für immer verloren wäre.

Was auch ziemlich genau zutraf, wenn ich auch nicht vollständig begriff, wie verzweifelt ich auf seine Anerkennung angewiesen war und warum. Weit davon entfernt, von meiner schüchternen und kurzatmigen Berichterstattung verwirrt zu sein – die eigentlich so gar nicht zu mir paßte in jenen Jahren, da ich mir alles zutraute – hätte ich überrascht sein müssen, daß ich nicht auf dem Schlingteppich zu seinen Füßen kniete und ihn geradezu anflehte. War ich doch gekommen, um mich um nichts Geringeres zu bewerben, als darum, E. I. Lonoffs geistiger Sohn zu werden, um seine moralische Schirmherrschaft nachzusuchen und mich – so ich es schaffte – des magischen Schutzes seiner Fürsprache und seiner Liebe zu versichern. Selbstverständlich hatte ich einen liebenden Vater, von dem ich jeden Tag in der Woche das Unmöglichste verlangen konnte, aber mein Vater war Fußpfleger und kein Künstler, und in letzter Zeit hatten wir ernstliche

Auseinandersetzungen innerhalb der Familie gehabt – wegen einer neuen Short-Story von mir. Mein Vater war so verstört über das, was ich geschrieben hatte, daß er spornstreichs zu *seinem* geistigen Mentor, einem gewissen Richter Leopold Wapter, geeilt war, um diesen zu bewegen, seinen Sohn dazu zu bringen, das Licht der Wahrheit zu erkennen. Was zur Folge hatte, daß wir nach zwei Jahrzehnten mehr oder weniger ungebrochener inniger Beziehungen seit fast fünf Wochen kein Wort mehr miteinander sprachen und ich fortgegangen war, um mir anderweitig väterliche Bestätigung zu holen.

Und zwar nicht nur von einem Vater, der Künstler war und nicht Fußpfleger, sondern von dem berühmtesten literarischen Asketen ganz Amerikas, einem Giganten der Geduld, der Seelenstärke und der Selbstlosigkeit, welcher in den fünfundzwanzig Jahren, die zwischen dem Erscheinen seines ersten und seines sechsten Buches lagen (für das er den *National Book Award* zugesprochen bekommen hatte, den begehrtesten Literaturpreis der Vereinigten Staaten, den er dann, ohne Aufhebens davon zu machen, abgelehnt hatte) buchstäblich weder Leser noch Anerkennung gefunden hatte, und den man, falls sein Name überhaupt genannt wurde, stets mitleidig abzutun geneigt gewesen war als irgendein kauziges Überbleibsel aus dem Ghetto der Alten Welt, einen Außenseiter und Folkloreschriftsteller, als jemand, der rührend blind sei gegenüber den

Hauptströmungen der Literatur und der Gesellschaft. Kaum irgendein Mensch wußte, wer er wirklich war und wo er lebte, und ein Vierteljahrhundert hindurch hatte es auch niemand gekümmert. Selbst unter seinen Lesern hatte es einige gegeben, die glaubten, E. I. Lonoffs Phantasien über Amerikaner seien auf jiddisch noch im zaristischen Rußland geschrieben worden, ehe er, wie man annahm, dort den Verletzungen erlegen sei, die er bei einem Pogrom erlitten (wie es ja seinem Vater in der Tat ums Haar ergangen wäre). Für mich war nicht nur die Zähigkeit so bewundernswürdig, die ihn nicht aufhören ließ, seine Art von Stories zu schreiben, sondern daß er nach seiner ›Entdeckung‹ und seinem Bekanntwerden sämtliche Preise und Ehrungen zurückgewiesen und die Mitgliedschaft bei allen hochangesehenen Gesellschaften und Vereinen abgelehnt hatte, daß er keine Interviews gab und sich nicht einmal photographieren ließ, als ob es von lächerlicher Bedeutungslosigkeit sei, sein Gesicht mit seinen Werken in Verbindung zu bringen.

Bei dem einzigen Photo, das die literarisch interessierte Öffentlichkeit jemals zu Gesicht bekommen hatte, handelte es sich um ein verwaschenes Sepia-Porträt auf der Umschlagklappe des 1927 erschienenen Bandes *It's Your Funeral:* der gutaussehende junge Künstler mit den poetischen Mandelaugen und der kühn von der Stirn hochgekämmten Tolle des feurigen Liebhabers sowie der küssenswerten, ausdrucksvollen

Unterlippe. Jetzt war er so ganz anders, nicht nur wegen seiner fleischigen Wangen, eines stattlichen Bauches und des kahlen Schädels mit weißem Haarkranz, sondern überhaupt als Menschentyp, so daß ich dachte (nachdem ich wieder imstande war zu denken), es müsse etwas Erbarmungsloseres als die Zeit sein, was für diese Verwandlung verantwortlich sei: sie müsse in Lonoff selber begründet sein. Abgesehen von den dichten, schönschimmernden Brauen und dem leicht himmelwärts gereckten, eigenwilligen Kinn war wirklich nichts mehr da, womit man ihn in seinem sechsundfünfzigsten Lebensjahr mit dem Photo des leidenschaftlichen, verlorenen, schüchternen Rudolpho Valentino hätte in Verbindung bringen können, der in einer Epoche, die bestimmt war von Hemingway und Scott-Fitzgerald, eine Sammlung von Kurzgeschichten über den Ewigen Juden geschrieben hatte, wie sie noch nie zuvor von einem Juden, den es nach Amerika verschlagen hatte, geschrieben worden waren.

Ja, in der Tat, meine eigene Lektüre von Lonoffs bis dato erschienenem Werk – und ich war damals ein orthodoxer College-Atheist und im Werden begriffener, hochgestochener Intellektueller – hatte mehr dazu beigetragen, mir bewußt zu machen, wie sehr ich immer noch Sproß einer jüdischen Familie war, als irgend etwas, was ich an die Universität von Chicago mitgebracht hatte vom Hebräisch-Unterricht in der Kindheit oder aus Mutters koscherer Küche oder aus den hitzigen Gesprächen zwischen meinen Eltern und unseren Verwandten über die Gefahren der Mischehe, das Problem des Weihnachtsmanns und die Ungerechtigkeit von Zulassungsquoten für das Medizinstudium (Quoten, die, wie ich von früh auf begriff, verantwortlich waren dafür, daß mein Vater sich auf die Fußpflege geworfen hatte und sein Leben lang ein leidenschaftlicher Anhänger der B'nai B'rith Anti-Diffamierungs-Liga war). Schon in der Grundschule hatte ich mit jedermann über diese verzwickten Probleme diskutieren können (und es auch getan, wenn es gefordert wurde); doch nachdem ich nach Chicago gegangen war, hatte meine Leidenschaft sich ziemlich verflüchtigt, und ich war bereit wie nur je ein Jüngling vor mir, mich mit Verve Professor Robert Hutchinsons Klassischer Literatur, Kurs I, in die Arme zu werfen. Doch dann entdeckte ich zusammen mit Zehntausenden anderer E. I. Lonoff, dessen literarisches Werk für meine Begriffe eine Reaktion auf die gleiche Bürde des Ausgeschlossenseins und der Beschränkungen war, welche immer noch auf dem Leben jener lastete, die mich großgezogen hatten und welche die nie nachlassende Besessenheit unserer Familie vom Status des Jude-Seins geprägt hatte. Der Stolz, der meinen Eltern die Brust schwellte, als 1948 ein jüdischer Staat in Palästina errichtet wurde, der den nicht gemordeten Überresten der europäischen Judenheit zur Heimat werden sollte, war gar nicht mal so unähnlich dem, was in mir aufwallte, als ich zum erstenmal auf Lonoffs geduckte, eingeengte Seelen stieß (denen ständig Steine in den Weg gelegt wurden) und begriff, daß sich aus allen Demütigungen, deretwegen mein eigener strebsamer, mühebeladener Vater sich abgerackert hatte, damit wir alle es einmal besser haben sollten, eine Literatur von so eigensinnigem Witz und beträchtlicher Bissigkeit schamlos herausdestillieren ließ. Für mich war es, als wäre das Halluzinatorische bei Gogol durch den humanen Skeptizismus Tschechows gefiltert worden, um den ersten ›russischen‹ Schriftsteller Amerikas zu speisen. Zumindest argumentierte ich so in einer Seminararbeit, in der ich Lonoffs Stil ›analysierte‹, ich verschwieg aber eine Erklärung für die verwandtschaftlichen Gefühle, die seine Stories für unsere eigene, weitgehend amerikanisierte Familie wieder in mir erweckt hatten, für diese anfangs mittellosen Einwanderer und Ladenbesitzer, die zehn Minuten Fußwegs von den säulengeschmückten Banken und wasserspeierbewehrten Versicherungs-Kathedralen der Innenstadt von Newark das ›Schtädtl‹-Leben Osteuropas weiterführten; ja, was viel mehr ist, verwandtschaftliche Gefühle für unsere frommen, unbekannten Vorfahren, deren galizische Leiden, mir, der ich wohlbehütet in New Jersey aufwuchs, nur etwas weniger fremd waren als die Abrahams im Lande Kanaan. Mit seinem Operettengespür für Landschaft und Legende (ein Chaplin, behauptete ich später in einem Referat über Lonoff, der genau auf die richtigen Requisiten verfallen sei, um eine ganze Gesellschaft und ihre Lebenseinstellung lebendig zu machen); mit seinem ›übersetzten‹ Englisch, das selbst dem allgemeinsten Ausdruck noch etwas leicht Ironisches abgewann; mit seinem unergründlichen, gedämpften, verträumten Echo, dem Gefühl, das so kleine Stories geben, die so viel aussagen – nun, hatte ich am Ende gefragt, wer in der amerikanischen Literatur lasse sich mit ihm vergleichen?

Der typische Held einer Lonoff'schen Story – der Held, der literarisch-interessierten Amerikanern Mitte der fünfziger Jahre soviel bedeuten sollte, der Held, der, rund zehn Jahre nach Hitler, den Gojim etwas Neues und Schmerzliches über die Juden und den Juden über sich selbst zu sagen schien und Lesern wie Schreibenden dieses restaurativen Jahrzehnts ganz allgemein etwas über die Zweischneidigkeit der Klugheit und das Beklemmende an der Unordnung, über Lebenshunger, Lebenspläne und Lebensangst, alles in seinen elementarsten Ausprägungen, – Lonoffs Held ist in der überwiegenden Zahl der Fälle ein Niemand von nirgendwoher, jemand, der fern von einem Daheim ist, wo er nicht vermißt wird, wohin er jedoch unverzüglich zurückkehren muß. Seine hochgepriesene Mischung aus Sympathie und Mitleidslosigkeit (nach Jahrzehnten absoluten Nicht-zur-Kenntis-Nehmens von *Time* als ›lonoffesk‹ verewigt) kommt nirgends bestürzender zum Ausdruck als in jenen Stories, in denen der nachdenklich Isolierte sich dazu aufrafft, endlich etwas zu tun, nur um dann festzustellen, daß sein übergroßes Abwägen aller Umstände ihn dazu gebracht hat, ein ganz klein wenig zu lange zu warten, um etwas Gutes zu tun, oder daß er aufgrund eines kühnen und durchaus nicht charakteristischen Ungestüms völlig falsch eingeschätzt hat, was ihn aus seiner für ihn erträglichen Existenz herausgerissen hatte, so daß er infolgedessen alles nur noch schlimmer gemacht hat.

Die härtesten, komischsten und beunruhigendsten Stories von allen, in denen der erbarmungslose Autor für meine Begriffe am Rande der Selbstschändung entlangzuschliddern scheint, entstanden während der kurzen Zeit seines literarischen Ruhms (denn er starb 1961 an einer Knochenmarkserkrankung; und als Oswald Kennedy erschoß und das Bollwerk der Sittlichkeit zu einer Bananenrepublik gargantuanischen Ausmaßes verkam, verlor seine Dichtung und die Autorität, die sie allem verlieh, was im Leben untragbar ist, bei einer neuen Generation von Lesern zunehmend an ›Relevanz‹). Statt ihn zu erheitern, schien Lonoffs Ruhm seine bittersten Vorstellungen noch zu verstärken und ihm Visionen endgültigen Ge- und Befangenseins zu bestätigen, die man nur als ungenügend durch persönliche Erfahrung gestützt hätte betrachten können, hätte die Welt ihm den Lohn wirklich ganz bis zum Ende versagt. Erst als ihm endlich ein ganz kleines Bißchen von dem begehrten Lohn zuteil wurde – erst als es ein für allemal klar wurde, wie bestürzend ungeeignet er war, etwas anderes zu besitzen als seine Kunst – kam ihm die Idee, jenen glänzenden Zyklus komischer Parabeln zu schreiben (die Stories *Rache, Läuse, Indiana, Eppes Essen* und *Werbefachmann*) in denen der bis aufs Blut gepeinigte Held *überhaupt* keine Anstalten mehr macht, etwas zu unternehmen – hier wurden rigoros auch noch die winzigsten Regungen in Richtung Reichtum oder Selbstaufgabe, ganz zu schweigen von Ränkespiel oder Abenteuer ausgelöscht durch das herrschende Triumvirat aus Vernunft, Verantwortungsbewußtsein und Selbstachtung, unterstützt von ihren Ergebenen Handlangern als da sind Fahrplan, Regenschauer, Kopfschmerz, Besetztzeichen, Verkehrsstau und dem treuesten von allen, dem Zweifel in letzter Minute.

Ob ich außer *Photoplay* und *Silver Screen* noch andere Zeitschriften verkauft hätte? Ob ich an jeder Tür dasselbe Sprüchlein aufgesagt oder meine Verkaufsargumente auf den jeweiligen Kunden abgestimmt hätte? Wie ich mir meinen Erfolg als Vertreter erklärte? Was sich Leute, die diese faden Illustrierten läsen, meiner Meinung nach von ihnen erwarteten? Ob die Arbeit langweilig gewesen sei? Ob jemals etwas Ungewöhnliches passiert sei, als ich Wohnviertel abklapperte, die ich überhaupt nicht kannte? Wieviele Vertreterriegen wie die von Mr. McElroy es in New Jersey gäbe? Wie die Firma es sich leisten könne, mir als Prämie für jedes Abonnement drei Dollar zu zahlen? Ob ich jemals in Hackensack gewesen sei? Wie es dort aussähe?

Es war schwer zu glauben, daß das, was ich nur tat, um mir meinen Lebensunterhalt zu verdienen, bis ich endlich so leben konnte, wie er, E. I. Lonoff auch nur im geringsten interessieren könnte. Er war offensichtlich ein höflicher Mann und tat sein möglichstes, mir meine Hemmungen zu nehmen, doch noch während ich mich nach bestem Vermögen seinem Kreuzverhör stellte, überlegte ich, daß es nicht lange dauern könne, bis er mit irgendeinem Vorwand aufwartete, mich noch vorm Abendessen loszuwerden.

»Ich wünschte, ich verstünde so viel vom Zeitschriftenverkauf«, erklärte er.

Um ihm zu verstehen zu geben, daß es mir nichts ausmachte, von oben herab behandelt zu werden, und ich Verständnis dafür hätte, wenn ich nun bald gebeten würde, mich zu verabschieden, errötete ich.

»Ich wünschte«, sagte er, »ich verstünde überhaupt so viel von irgend etwas. Ich schreibe nun seit dreißig Jahren Ausgedachtes. Ich erlebe nie etwas.«

Das war der Augenblick, da die überwältigende Mädchen-Frau vor mir erschien – als er in gerade noch erkennbaren Tönen der Selbstverachtung diese unfaßliche Klage von sich gab und ich versuchte, zu begreifen, was es damit eigentlich auf sich haben mochte. Er erlebte nie etwas? Himmel – ihm war es gegeben, ein

Genie zu sein, Kunst zu schaffen – der Mann war ein Visionär!

Lonoffs Frau, jene weißhaarige Frau, die sich augenblicklich zurückgezogen hatte, nachdem sie mich ins Haus hatte eintreten lassen, stieß die Tür des Arbeitszimmers auf, das auf der gegenüberliegenden Seite der Diele lag, und da war sie: dunkles, üppiges Haar, die Augen blaß – grau oder grün – und mit hoher, gewölbter Stirn wie der Shakespeares. Sie saß zwischen Stößen von Papier und Schnellheftern auf dem Teppich, gewandet in einen Tweedrock im ›New Look‹ – in Manhattan mittlerweile ein sehr alter, längst aus der Mode gekommener Stil – und einen weiten, locker sitzenden weißen Wollpullover; die Füße züchtig unter dem weiten Rund des Rockes hochgezogen und den Blick offensichtlich auf etwas gerichtet, was ganz woanders lag. Wo hatte ich diese tiefbrünette Schönheit schon einmal gesehen? Wo sonst als auf einem Portrait von Velázquez? Mir fiel das Photo Lonoffs aus dem Jahre 1927 ein – auf seine Weise gleichfalls ›spanisch‹ – und schloß augenblicklich, daß dies seine Tochter sei. Ich schloß augenblicklich sogar mehr als nur das. Mrs. Lonoff hatte noch nicht einmal das Tablett auf den Teppich neben ihr abgestellt, als ich mich bereits mit der *Infantin* vermählt und nicht weit von hier in einem eigenen kleinen Farmhaus leben sah. Nur – wie alt war sie, wenn Mama sie mit Plätzchen fütterte, während sie auf Papas Fußboden ihre Hausaufgaben machte? Mit diesem Gesicht, dessen kräftige Knochen für mich von einem weniger unschuldigen Bildhauer als der Natur aufeinander abgestimmt schienen – mit diesem Gesicht *mußte* sie älter sein als zwölf. Aber, wenn nicht – ich konnte warten. Diese Vorstellung gefiel mir sogar noch mehr als die Aussicht, in diesem Wohnzimmer hier im Frühling getraut zu werden. Abwarten bewies Charakterstärke, dachte ich. Aber was mochte der berühmte Vater denken? Der brauchte selbstverständlich von niemand an das handfeste alttestamentarische Vorbild vom siebenjährigen Warten erinnert zu werden, ehe ich Miss Lonoff zu meiner Frau machte; andererseits: Wie würde er reagieren, wenn er mich in meinem Wagen vor ihrer Schule herumlungern sah?

Inzwischen sagte er zu mir: »Ich kremple Sätze um. Das ist mein Leben. Ich schreibe einen Satz, und dann kremple ich ihn um. Dann sehe ich ihn mir an und kremple ihn nochmals um. Dann esse ich zu Mittag. Dann setze ich mich wieder hin und schreibe noch einen Satz. Dann trinke ich Tee und kremple den neuen Satz um. Dann lese ich mir die beiden Sätze noch einmal durch und kremple sie beide um. Dann lege ich mich auf mein Sofa und denke nach. Dann stehe ich auf, schmeiße sie raus und fange noch einmal wieder ganz von vorn an. Und wenn ich von dieser Routine auch nur einen einzigen Tag abkomme, macht mich die Langeweile ganz nervös und unruhig und bedrückt mich das Gefühl, meine Zeit vergeudet zu haben.

Sonntags frühstücke ich spät und lese zusammen mit Hope Zeitung. Dann mache ich einen Spaziergang in den Bergen, wobei mich nie der Gedanke daran verläßt, wieviel kostbare Zeit ich wieder verschwende. Ich wache Sonntag morgens auf und werde fast wahnsinnig bei der Aussicht auf die vielen Stunden, mit denen nichts anzufangen ist. Ich bin unruhig und schlecht gelaunt, aber sie ist schließlich auch ein Mensch, verstehen Sie, und deshalb gehe ich mit. Damit es zwischen uns keinen Streit gibt, besteht sie darauf, daß ich meine Uhr zu Hause lasse. Und die Folge davon ist, daß ich immer wieder nach meinem Handgelenk schaue – und damit ist es für gewöhnlich gelaufen, falls meine schlechte Laune es nicht schon vorher dazu gebracht hat. Sie gibt es auf und wir gehen nach Hause. Und daheim – was unterscheidet dort den Sonntag vom Donnerstag? Ich setze mich wieder an meine kleine Olivetti, halte wieder nach Sätzen Ausschau und kremple sie um. Und ich frage mich: Warum gibt es für mich keine andere Möglichkeit, meine Stunden auszufüllen?«

Inzwischen hatte Hope Lonoff die Tür zum Arbeitszimmer wieder geschlossen und war zurückgegangen an ihre Arbeit. Gemeinsam lauschten Lonoff und ich auf das Surren ihres Mixmasters in der Küche. Ich wußte nicht, was ich sagen sollte. Das Leben, das er beschrieb, war für meine Begriffe das Paradies; daß ihm nichts anderes einfiel, seine Zeit auszufüllen, als Sätze

umzukrempeln, wollte mir wie eine Gnade erscheinen, die nicht nur ihm, sondern der Weltliteratur erwiesen wurde.
Ich überlegte, ob ich vielleicht lachen sollte, obwohl er es todernst gesagt und keine Miene dabei verzogen hatte, lachen sollte über die Beschreibung seines Tageslaufes, falls das nicht überhaupt eine bissige Lonoff'sche Komödie war; wiewohl, wenn er das ernst meinte und wirklich so deprimiert war, wie es sich anhörte – sollte ich ihm dann nicht klarmachen, wer er war und wieviel er für die Literatur der Menschheit bedeutete? Doch wie sollte er das *nicht* wissen?

Der Mixmaster surrte, das Feuer knisterte, der Wind blies und die Bäume ächzten, während ich – mit dreiundzwanzig – mir zu überlegen versuchte, wie ich seine gedrückte Stimmung vertreiben könnte. Seine Freimütigkeit über sich selbst, die so sehr im Widerspruch stand zu seinem steifen Benehmen, und der Förmlichkeit, mit der er sich kleidete, enervierte mich genauso wie alles andere; das war kaum das, was ich von Menschen zu erwarten gelernt hatte, die mehr als doppelt so alt waren wie ich, selbst wenn das, was er über sich sagte, von Selbstironie gefärbt sein sollte. Ganz besonders dann nicht, wenn es von Selbstironie gefärbt war.

»Ich würde ja nicht einmal versuchen, nach dem Tee noch zu schreiben, wenn ich wüßte, was ich den Rest des Nachmittags über anfangen sollte.« Wenn es drei

Uhr sei, erklärte er mir, habe er einfach nicht mehr die Kraft oder die Entschlossenheit oder vielleicht auch nur nicht mehr den Wunsch weiterzumachen. Aber was blieb ihm anderes übrig? Wenn er Geige spielte oder Klavier, wüßte er sich, wenn er nicht schrieb, außer Lesen vielleicht noch eine ernsthafte Beschäftigung. Das Problem mit dem Musikhören sei, daß, wenn er sich nachmittags allein eine Platte anhöre, er sich bald wieder dabei ertappte, wie er im Kopf Sätze umkrempelte, zuletzt doch wieder am Schreibtisch lande und sich skeptisch die Arbeit des Tages durchsehe. Allerdings, und das sei ein großes Glück für ihn, gäbe es das Athene College. Hingebungsvoll sprach er von den Studentinnen in den beiden Kursen, die er dort gab. Die kleine Anstalt in Stockbridge habe bereits zwanzig Jahre, bevor die übrige akademische Welt Interesse zeigte, einen Platz für ihn im Lehrkörper geschaffen, und dafür sei er ewig dankbar. Freilich, ehrlich gesagt, nachdem er nun zwanzig Jahre hindurch diese aufgeweckten und lebhaften jungen Frauen unterrichtete, finde er, daß sowohl er als auch sie anfingen, sich zu wiederholen.

»Warum nehmen Sie sich nicht ein Freijahr?« Ich war nach allem, was ich in den ersten fünfzehn Minuten durchgemacht hatte, nicht wenig erregt, mich E. I. Lonoff raten zu hören, wie er leben solle.

»Das habe ich ja getan. Das war noch schlimmer. Wir hatten uns in London für ein Jahr eine Wohnung genommen. So hatte ich *jeden* Tag zum Schreiben. Und außerdem war Hope ganz gedrückt, weil ich damit nicht aufhören wollte, um mit ihr rumzugehen und mir die Architektur anzusehen. Nein – nein, kein Freijahr mehr. So, wie es jetzt ist, habe ich jedenfalls zwei Nachmittage in der Woche eine Unterbrechung, egal, was geschieht. Außerdem stellt diese Fahrt ins College den Höhepunkt der Woche für mich dar. Ich trage eine Aktentasche. Ich habe einen Hut auf. Ich nicke grüßend Leuten auf der Treppe zu. Ich benutze eine öffentliche Toilette. Fragen Sie Hope! Ich bin aufgekratzt wie sonstwas, wenn ich aus diesem Pandämonium nach Hause komme.«

»Haben Sie denn – selber keine Kinder?«

In der Küche klingelte das Telephon. Ohne darauf zu achten, erzählte er mir, das jüngste ihrer drei Kinder habe vor etlichen Jahren das Wellesley-College absolviert; er und seine Frau seien jetzt schon seit über sechs Jahren allein.

Dann war das Mädchen also nicht seine Tochter. Wer war sie dann, daß ihr von seiner Frau ein kleiner Imbiss auf den Boden seines Arbeitszimmers hingestellt worden war? Seine Konkubine? Lächerlich, allein das Wort, die Vorstellung – und dennoch verdunkelte es mir alle anderen vernünftigen und angemessenen Gedanken. Zur Belohnung dafür, daß man ein großer Künstler ist, gehört es, Velazquez'sche Prinzessinnen zu Konkubinen und entsprechend junge Männer wie mich zu Verehrern zu haben. Abermals wußte ich nicht recht was tun, daß ich in der Gegenwart meines literarischen Gewissens derlei unedle Gedanken hegte – freilich, war das nicht genau die Art von unedlen Gedanken, die den Meistern des Verzichts in so vielen von Lonoffs Short-Stories zu schaffen machten? Wahrhaftig, wer wußte es besser als E. I. Lonoff, daß es nicht unsere hochherzigen Ziele allein sind, die uns zu lebendigen Wesen machen, sondern auch unsere niedrigen Bedürfnisse und Sehnsüchte? Gleichviel – ich fand, ich sei gut beraten, meine niedrigen Bedürfnisse und Sehnsüchte für mich zu behalten.

Die Küchentür ging ein paar Zentimeter auf, und seine Frau rief leise: »Für dich.«

»Wer ist es denn? Doch hoffentlich nicht wieder das Genie?«

»Hätte ich dann gesagt, daß du da bist?«

»Du mußt lernen, ›Nein‹ zu den Leuten zu sagen. Solche Leute wie die telefonieren fünfzigmal am Tag. Es braucht ihnen bloß ein Einfall zu kommen, und schon greifen sie zum Hörer.«

»Es ist nicht er.«

»Er hat zu allem immer genau die richtige falsche Meinung. Den Kopf voller Einfälle, aber alles nur Flausen. Warum verletzt es mich, wenn er redet? Warum muß er alles verstehen? Halt mir jetzt diese Intellektuellen vom Leib. Für die denke ich nicht schnell genug.«

»Ich hab' doch gesagt, daß es mir leid tut. Außerdem ist er es ja gar nicht.«

»Wer denn?«

»Willis.«

»Hope, wie du weißt, unterhalte ich mich gerade mit Nathan.«

»Verzeihung. Ich werde ihm sagen, du arbeitest.«

»Benutze Arbeit nie als Entschuldigung. Das paßt mir nicht.«

»Ich kann ihm ja sagen, du hast einen Gast.«

»Bitte«, sagte ich und wollte damit zu verstehen geben, daß ich niemand sei, nicht einmal ein Gast.

»All diese Fassungslosigkeit«, sagte Lonoff zu seiner Frau. »Immer so tief bewegt. Ständig am Rand der Tränen. Womit hat er denn dauernd soviel Mitleid?«

»Mit dir«, sagte sie.

»All diese Empfindsamkeit! Warum wollen die Menschen nur so empfindsam sein?«

»Er bewundert dich«, sagte sie.

Sich das Jackett zuknöpfend, erhob sich Lonoff, um den unerwünschten Anruf entgegenzunehmen. »Entweder es sind die unverbesserlich Einfältigen«, erklärte er mir, »oder die tiefen Denker.«

Ich bekundete durch ein Achselzucken mein Verständnis und überlegte dieweil, ob mein Brief mich nicht für beide Kategorien qualifiziert hatte. Dann dachte ich nochmals über das Mädchen hinter der Tür des Arbeitszimmers nach. Ob sie wohl auf das College geht, oder aus Spanien zu Besuch bei den Lonoffs ist? Ob sie jemals aus dem Arbeitszimmer herauskommt? Wenn nicht, wie schaffe ich es, hineinzukommen? Und wenn das nicht, wie stelle ich es dann an, sie allein wiederzusehen?

Ich muß dich wiedersehen.

Ich schlug eine Zeitschrift auf, um auf diese Weise meine tückischen Tagträume zu verscheuchen und zu warten, wie es einem rücksichtsvollen Literaten geziemt. Beim Durchblättern stieß ich auf einen Artikel über die politische Situation in Algerien und einen anderen über die Fernsehindustrie, in beiden waren Teile gewissenhaft unterstrichen. Las man das Unterstrichene nacheinander weg, ergab sich eine Zusammenfassung eines jeden Artikels, die einem Schulkind als vorzügliche Vorbereitung auf einen Bericht in seiner Tagesthemen-Stunde gedient haben würde.

Als Lonoff aus der Küche wieder auftauchte – es war noch keine Minute vergangen – versuchte er sofort zu erklären, was es mit der Ausgabe von *Harper's Magazin* auf sich habe, die ich in der Hand hielt. »Ich schweife in Gedanken immer ab«, sagte er mir, gleichsam als sei ich ein Arzt, der vorbeigekommen wäre, ihn nach seinen eigenartigen und besorgniserregenden neuen Symptomen auszufragen. »Am Ende der Seite versuche ich für mich immer zusammenzufassen, was ich gelesen habe, in meinem Kopf herrscht jedesmal absolute Leere – ich habe im Sessel gesessen und nichts getan. Selbstverständlich habe ich Bücher immer mit dem Bleistift in der Hand gelesen, und wenn ich das heute nicht tue, so finde ich, selbst beim Illustriertenlesen, daß ich nicht recht bei dem bin, was da vor mir liegt.«

In diesem Augenblick erschien wieder sie. Doch was aus der Ferne nach reiner, strenger und schlichter Schönheit ausgesehen hatte, entpuppte sich in größerer Nähe eher als ein Rätsel. Als sie über die Diele ins Wohnzimmer kam – und gerade in dem Augenblick eintrat, da Lonoff die peinlich genaue Beschreibung jenes beunruhigenden Kummers beendete, der ihn befiel, wenn er Illustrierte las – sah ich, daß der bemerkenswerte Kopf in weit großartigerem und ehrgeizigerem Maßstab geplant worden war als der Rumpf. Der weite Pullover und die vielen Pfunde Tweedrock trugen selbstverständlich viel dazu bei, das wenige, was sonst von ihr da war, noch zu verbergen, doch vor allem war es die Zerrissenheit in ihrem Gesicht in Verbindung mit der Sanftheit und Klugheit in ihren großen blassen Augen, was alle anderen Körpermerkmale (mit Ausnahme des fülligen gelockten Haars) verschwommen und belanglos erscheinen ließ. Zugegeben, die unendliche Ruhe dieser Augen hätte genügt, mich vor Schüchternheit den Mut verlieren zu lassen, doch daß ich ihren Blick nicht direkt erwidern konnte, hatte auch mit diesem unharmonischen Verhältnis zwischen Körper und Kopf zu tun und dem, was es in meinen Augen bedeutete: irgendein frühes Unglück, das sie betroffen hatte, etwas Bedeutsames, das verloren oder erstickt worden war und – im Ausgleich dazu – etwas enorm Übertriebenes. Ich mußte unwillkürlich an ein fest in der Falle sitzendes Küken denken, das nicht mehr als sein spitzschnäbliges Köpfchen aus der alles umschließenden Eierschale herauszurecken vermochte; ich dachte an die überdimensionalen Granitköpfe auf den Osterinseln. Ich dachte an fiebernde Patienten auf den Veranden Schweizer Sanatorien, welche die Zauberberg-Luft in sich hineintranken. Doch will ich mein Ergriffensein und die Ursprünglichkeit meiner Eindrücke nicht übertreiben, zumal sie gleich darauf in einem sehr wenig ursprünglichen und nicht zu unterdrückenden Gedanken untergingen: vornehmlich dachte ich, was für ein Triumph es sein müsse, dieses Gesicht zu küssen, und wie aufregend, wenn sie diesen Kuß erwiderte.

»Das wär's für heute«, verkündete sie Lonoff.

Der Ausdruck sinnender Besorgtheit, der sich auf seinem Gesicht malte, brachte mich auf den Gedanken, sie könne womöglich seine *Enkelin* sein. Unversehens erschien er mir als der zugänglichste aller Menschen, befreit von jeder Sorge und Bürde. Vielleicht, dachte ich – immer noch in dem Versuch, einer gewissen Merkwürdigkeit, die ich mir nicht erklären konnte, auf die Spur zu kommen – ist sie das Kind einer verstorbenen Tochter von ihm.

»Das hier ist Mr. Zuckerman, der Short-Story-Schreiber«, sagte er freundlich neckend, gleichsam als wäre er jetzt *mein* Großvater. »Ich habe dir ja seine gesammelten Werke zu lesen gegeben.«

Ich erhob mich und reichte ihr die Hand.

»Darf ich vorstellen: Miss Bellette. Sie war früher Studentin hier. Im Augenblick ist sie ein paar Tage bei uns. Sie hat es nämlich übernommen, ein wenig Ordnung in meine Manuskripte zu bringen. Es haben sich ein paar Leute zusammengetan, die mich überreden wollen, der Harvard-Universität die Papiere zu überlassen, auf denen ich meine Sätze umkremple. Amy arbeitet für die Bibliothek von Harvard. Athene hat ihr gerade ein außergewöhnliches Angebot gemacht, doch sie hat uns erklärt, sie sei an ihr Leben in Cambridge gebunden. Inzwischen hat sie ihren Besuch hier mit viel List und Tücke dazu benutzt, mich zu bewegen...«

»Nein, nein, nein«, sagte sie mit Nachdruck. »Wenn du es so siehst, ist mein Vorhaben von vornherein zum Scheitern verurteilt.« Als ob ihr Charme noch nicht groß genug sei, wurde Miss Bellettes Sprache durch einen Hauch von ausländischem Akzent etwas ganz besonders Melodiöses verliehen. »Der Maestro«, erklärte sie und wandte sich bei diesen Worten mir zu, »ist nämlich seinem ganzen Temperament nach auf Widerspruch fixiert.«

»Und fixiere mir mal einer den Widerspruch«,

stöhnte er und meldete einen milden Protest gegen das Psychologenchinesisch an.

»Ich habe gerade eben siebenundzwanzig Fassungen einer einzigen Short-Story gefunden«, erzählte sie mir.

»Welcher denn?« fragte ich begierig.

»Life Is Embarrassing.«

»Dann habe ich sie eben siebenundzwanzigmal falsch hingekriegt«, sagte Lonoff.

»Man sollte deiner Geduld ein Denkmal setzen«, erklärte sie. Vage wies er auf die Wölbung unter seiner Weste. »Hat man bereits.«

»Im College«, sagte sie, »hat er den schreibenden Studentinnen immer gesagt: ›Ohne Geduld keinen Preis.‹ Keine von uns hat gewußt, wovon er überhaupt redete.«

»Du hast es gewußt. Du mußtest es wissen. Meine liebe junge Dame, das hat mich die Beobachtung deiner Person gelehrt.«

»Aber ich kann doch auf nichts warten«, sagte sie.

»Aber du tust es.«

»Und platze dabei die ganze Zeit vor Frustration.«

»Wenn du nicht platztest«, belehrte ihr Lehrer sie, »brauchtest du keine Geduld.«

Vorm Garderobenschrank in der Diele streifte sie die Tennisschuhe von den Füßen, die sie im Wohnzimmer angehabt hatte, und schlüpfte in weiße Wollsocken und rote hohe Winterstiefel. Vom Kleiderbügel nahm sie dann eine karierte weiche Kapuzenjacke, in deren

Ärmel eine weiße Wollmütze mit langer Kordel stak, die in einem flauschigen weißen Pompon endete. Nachdem ich zuvor erlebt hatte, wie sie den berühmten Schriftsteller so unbeschwert aufgezogen hatte – wobei ich selbst mich durch die unbekümmerte, ja, kecke Art des Umgangs mit ihm ein ganz klein wenig in den inneren Kreis aufgenommen gefühlt hatte – war ich überrascht von dieser kindlichen Kopfbedeckung. Die Kleidung wirkte jetzt, wo sie beides angezogen hatte, wie die eines kleinen Mädchens. Daß sie so verständig handeln und sich so jung kleiden konnte, stürzte mich in Verwirrung.

Gemeinsam mit Lonoff stand ich unter der offenen Haustür und winkte ihr zum Abschied nach. Jetzt flößten mir zwei Menschen in diesem Hause Ehrfurcht ein.

Der Wind war immer noch stärker als der Schnee, doch in Lonoffs Obstgarten war alles Licht versickert, und der Klang dessen, was auf uns zukam, hatte etwas Bedrohliches. Zwei Dutzend verwilderte alte Apfelbäume bildeten die erste Barriere zwischen der ungeschützten und ungepflasterten Straße und dem Farmhaus. Als nächstes kam ein dichtes grünes Gewirr großer Rhododendren, dann eine breite Steinmauer, deren Mitte eingefallen war wie ein abgewetzter Backenzahn, dahinter einige zwanzig Meter schneebedeckten Rasens und endlich, nahe am Haus und die Schindeln überragend, drei Ahornbäume, die ihrer Größe nach zu urteilen genauso alt sein mußten wie New England selbst. Hinterm Haus dehnten sich ungeschützte Felder, auf die seit den ersten Dezember-Blizzards Schnee hingestäubt war, und jenseits der Felder begannen die bewaldeten Berge ihren eindrucksvollen Anstieg, wogende Waldwellen, die sich immer weiter türmten bis zum Nachbarstaat. Meiner Meinung nach würde selbst der ungeschlachteste Hunne den größten Teil des Winters brauchen, die vereisten Wasserfälle und windgepeitschten Wälder dieser Bergwildnis zu durchqueren, ehe er es schaffte, den offenen Rain von Lonoffs Heuwiesen zu erreichen, gegen die nach hinten hinausgehende Sturmtür des Hauses zu hämmern und hindurchzustürmen ins Arbeitszimmer, die spitzenbewehrte Keule hoch über der kleinen Olivetti herumwirbeln zu lassen und dem Schriftsteller, der dabei war, seine siebenundzwanzigste Fassung hinzutippen, mit aufbrüllender Stimme, sein »Du mußt dein Leben ändern!« zuzuschreien. Doch selbst er könnte den Mut verlieren und zurückkehren an den Busen seiner barbarischen Familie, sollte er sich diesen schwarzen Hügeln von Massachusetts an einem Abend wie diesem nähern, da die Cocktail-Stunde nahe war und noch ein weiterer Schneesturm aus der Ultima Thule sich ankündigte. Nein, zumindest für den Augenblick schien Lonoff wirklich nichts von der Außenwelt zu befürchten haben.

Von den Treppenstufen vor der Haustür aus warteten wir, bis Lonoff sich überzeugt hatte, daß sie sowohl die Windschutzscheibe als auch die Heckscheibe freigekratzt hatte; der Schnee war an dem eisigen Glas bereits festgefroren. »Fahr möglichst langsam!« rief er. Um in den winzigen grünen Renault hineinzukommen, mußte sie eine Handvoll Rock zusammennehmen und hochraffen. Oberhalb der Winterstiefel sah ich eine Handbreit Wade und blickte rasch woanders hin, damit mir niemand auf die Schliche kam.

»Ja, seien Sie vorsichtig«, rief ich ihr in der Verkleidung von Mr. Zuckerman, dem Short-Story-Schreiber, zu. »Es ist rutschig, das täuscht.«

»Sie schreibt eine beachtliche Prosa«, sagte Lonoff zu mir, als wir wieder im Haus waren. »Der beste Stil, den ich je bei einer Studentin erlebt habe. Eine herrliche Klarheit. Wunderbar gescheit! Sie hat Stories über Athene geschrieben, in denen das College in einem einzigen Satz eingefangen ist. Alles, was sie sieht, hält sie fest. Und spielt auch noch bezaubernd Klavier. Chopin – mit sehr viel Charme. Zu Anfang, als sie nach Athene kam, hat sie auf dem Klavier unserer Tochter geübt. Das war etwas, worauf ich mich am Ende des Tages ausgesprochen gefreut habe.«

»Sie scheint ein bemerkenswertes Mädchen zu sein«, sagte ich nachdenklich. »Woher stammt sie denn ursprünglich?«

»Sie ist aus England zu uns gekommen.«

»Aber der Akzent...«

»Ja, der«, räumte er ein, »stammt aus dem Lande der Circe.«

»Ganz meine Meinung«, wagte ich zu sagen und dachte: Schluß jetzt mit der Schüchternheit, Schluß mit der jungenhaften Unsicherheit und Ehrerbietung, daß man nicht den Mund aufzumachen wagt. Schließlich ist das hier der Autor von *Life Is Embarrassing* – wenn der nicht weiß, was gespielt wird, wer dann?

Als wir beide vorm Kaminfeuer standen und uns wärmten, wandte ich mich Lonoff zu und sagte: »Ich glaube, ich würde den Verstand verlieren, wenn ich an einem College so schöne, begabte und becircende Mädchen unterrichten sollte.«

Woraufhin er unbeeindruckt sagte: »Dann sollten Sie das lassen.«

Eine Überraschung – ja, ja, noch eine – erwartete mich, als wir zum Abendessen Platz nahmen. Lonoff entkorkte eine Flasche Chianti, die auf dem Tisch auf uns gewartet hatte, und brachte einen Trinkspruch aus. Seiner Frau ein Zeichen gebend, zusammen mit ihm das Glas zu erheben, sagte er: »Auf einen großartigen neuen Schriftsteller.«

Nun, wenn *das* mich nicht lockerte! Aufgeregt fing ich an, von meinem Monat in Quahsay zu erzählen, wie sehr ich Heiterkeit und Schönheit des Ortes liebte, wie gern ich am Ende des Tages auf den Waldwegen spazierenging und abends in meinem Zimmer las – in letzter Zeit abermals Lonoff, doch das behielt ich für mich. Nach dem Trinkspruch lag es auf der Hand, daß ich nicht soviel Boden verloren hatte, wie ich es durch das Geständnis, den Lockungen kluger, hübscher Collegestudentinnen gegenüber nicht gefeit zu sein, befürchtet hatte, und ich wollte nicht riskieren, ihn neuerlich dadurch zu beleidigen, daß ich den Anschein erweckte, als katzbuckelte ich vor ihm. Der katzbukkelnde, überempfindsame Willis, so erinnerte ich mich, war am Telephon binnen weniger als sechzig Sekunden abgefertigt worden.

Ich erzählte den Lonoffs von der Freude, die es bedeutete, jeden Morgen aufzuwachen und zu wissen, daß ich all die vielen leeren Stunden, die vor mir lagen, nur mit Arbeit auszufüllen brauchte. Niemals hatte ich als Student oder Soldat oder Klinkenputzer regelmäßige Zeiten ununterbrochen dem Schreiben widmen können, genausowenig, wie ich nie zuvor in solcher Ruhe und Zurückgezogenheit hatte leben können, wo meine Grundbedürfnisse so unaufdringlich befriedigt worden wären wie vom Personal in Quahsay. Für mich sei das ein wunderbares, immer noch unfaßliches Geschenk. Erst vor wenigen Tagen hätte ich abends nach einem Schneesturm, der den ganzen Tag über gewütet hatte, den Hausmeister der Kolonie begleitet, der sich nach dem Abendessen auf den Schneepflug gesetzt hatte, um den Schnee von den Wegen zu räumen, die sich kilometerweit durch die Waldungen von

Quahsay wänden. Ich beschrieb den Lonoffs mein inniges Vergnügen daran, den Schneewall im Licht der Scheinwerfer vor mir auftauchen und dann im Wald hinter mir zurückbleiben zu sehen. Die klirrende Kälte und das Rasseln der Schneeketten an den Rädern waren mir als der Gipfel all dessen vorgekommen, was ich mir am Ende eines langen Tages an *meiner* Olivetti vorstellen konnte.

Ich nehme an, das muß wider meinen Willen übertrieben harmlos geklungen haben, aber ich konnte einfach nicht anders, als weiter und immer weiter von den Stunden auf dem Schneepflug nach den Stunden am Schreibtisch zu erzählen: ich wollte nicht nur Lonoff von der Reinheit und Redlichkeit meines Geistes überzeugen – meine Schwierigkeit bestand darin, daß ich selber daran glauben wollte. Mein Problem lag darin, daß ich seinem Trinkspruch, der mir einen wohligen Schauder über den Rücken gejagt hatte, voll und ganz entsprechen wollte. »So könnte ich bis in alle Ewigkeit weiterleben«, erklärte ich.

»Versuchen Sie das nicht«, sagte er. »Wenn Ihr Leben aus nichts anderem besteht als aus Lesen und Schreiben und Betrachten des Schnees, stehen Sie am Ende genauso da wie ich. Hirngespinste – und das dreißig Jahre lang.«

Lonoff brachte es fertig, daß das Wort ›Hirngespinste‹ sich wie *Corn-Flakes* anhörte.

Hier mischte sich zum erstenmal seine Frau ein –

wiewohl bei der Zurückhaltung, mit der sie das tat, von ›Einmischung‹ eigentlich nicht die Rede sein konnte. Sie war eine eher kleine Frau mit sanften grauen Augen und einer Fülle feiner Fältchen, die ihre blasse Haut überzogen. Wenn sie auch durchaus, wie die amüsierten Literaten es ausgedrückt hatten, Lonoffs »hochgeborene Yankee-Erbin« sein konnte – und zwar ein hervorragendes Exemplar dieser Gattung in ihrer jungmädchenhaftesten Ausprägung – sah sie im Augenblick wie eine Überlebende der Grenzergeneration aus, eine Farmersfrau aus New England, deren Mann vor langer Zeit aus diesen Bergen fortgezogen war, um im Westen einen neuen Anfang zu machen. Für meine Begriffe zeugte das durchfurchte Gesicht und ihr schattenhaftes, verhuschtes Wesen von einem mühseligen, arbeitsreichen Leben, von qualvollen Kindbetten und Flucht vor Indianern, von Hungersnöten, Fieberanfällen und den Beschwernissen von Wagentrecks – ich konnte mir einfach nicht vorstellen, daß das Leben an der Seite von E. I. Lonoff, während er dreißig Jahre hindurch Short-Stories schrieb, sie dermaßen mitgenommen hatte. Später sollte ich erfahren, daß Hope, abgesehen von zwei Semestern an einer Bostoner Kunstschule, ein paar Monaten in New York – und dem Jahr in London, wo sie versucht hatte, Lonoff zu bewegen, sich die Westminster Abtei anzuschauen – nicht weiter von daheim fortgekommen war als die hervorragenden hiesigen Rechtsanwälte und

Geistlichen, die ihre Vorfahren gewesen waren und deren Erbe heute in nichts Greifbarerem mehr bestand als ›einem der besten Namen in den Berkshires‹ nebst dazugehörigem Haus.

Sie hatte Lonoff kennengelernt, als dieser mit siebzehn Jahren bei dem Besitzer einer Hühnerfarm in Lenox gearbeitet hatte. Er selber war am Rand von Boston großgeworden, hatte allerdings bis zu seinem fünften Lebensjahr in Rußland gelebt. Nachdem sein Vater, ein Goldschmied, ums Haar an den Folgen eines Pogroms in Schitomir gestorben wäre, waren Lonoffs Eltern in das noch urtümliche Palästina ausgewandert. Dort hatte sie beide der Typhus hinweggerafft, und ihr Sohn war von Freunden der Familie in einer jüdischen landwirtschaftlichen Siedlung aufgenommen worden.

Mit sieben hatte er mutterseelenallein von Jaffa aus die Schiffsreise nach Amerika zu wohlhabenden Verwandten seines Vaters in Brookline angetreten; mit siebzehn entschied er sich, statt auf Kosten seiner Verwandten das College zu besuchen, für ein unstetes Landstreicherleben und mit zwanzig dann für Hope – der wurzellose levantinische Rudolpho Valentino, der sich eine gebildete junge Provinzlerin zur Frau nahm, die durch Erziehung und Temperament den höheren Dingen verpflichtet war, sich in einem fertig eingerichteten Nest niederließ, neben alten granitenen Grabsteinen und einer langen Bergstraße, die den Namen Whittleseay trug: irgendwer von irgendwoher, was auch immer ihm das bringen sollte.

Trotz allem, was Hope Lonoff etwas von der Ergebenheit einer alternden Geisha verlieh – sobald sie es wagte, den Mund aufzumachen, oder sich zu bewegen, überlegte ich dennoch, ob sie ihm nicht zu verstehen geben wollte, daß sein Leben aus etwas mehr bestanden habe als aus Lesen und Schreiben und dem Betrachten von Schnee: immerhin hatten auch noch sie und die Kinder dazugehört. Gleichwohl lag in ihrer keineswegs trotzigen Stimme auch nicht der Hauch eines Vorwurfs, als sie sagte: »Du solltest nicht so gering von dem sprechen, was du geleistet hast. Das ziemt sich nicht.« Um dann mit womöglich noch größerem Zartgefühl hinzuzufügen: »Und es entspricht auch nicht der Wahrheit.«

Lonoff reckte das Kinn. »Ich habe keineswegs meine Leistung bewertet. Ich schätze meine Arbeit weder zu hoch noch zu gering ein. Ich glaube, ich weiß genau, worin mein Wert und meine Originalität liegen. Ich weiß, was mir gelingt und wie weit ich gehen kann, ohne das, was wir alle so lieben, zum Gespött zu machen. Ich wollte nur andeuten – oder vielmehr vermute ich es – daß ein ungestümes Leben einem Schriftsteller wie Nathan mehr nützt als im Wald spazierenzugehen und Rehe aufzuscheuchen. Sein Werk hat etwas Stürmisches – und das sollte genährt werden, und zwar nicht in den Wäldern. Ich wollte nichts weiter sagen, als daß er nicht ausgerechnet dasjenige ersticken sollte, worin offensichtlich seine Begabung liegt.«

»Tut mir leid«, erwiderte seine Frau. »Das hatte ich nicht verstanden. Ich dachte, du drücktest Abscheu vor deinem eigenen Werk aus.« Das Wort ›Werk‹ sprach sie auf typisch neu-englische Weise unter Verschleifung des *r* aus.

»Ich habe Abscheu zum Ausdruck gebracht«, sagte Lonoff und bediente sich jenes pedantischen Tons, den er Amy gegenüber bei dem Thema Geduld angeschlagen hatte und mir gegenüber, als er mir auseinandersetzte, welche Schwierigkeiten er beim Lesen habe, »aber nicht in bezug auf meine Arbeit. Ich habe Abscheu vor den Grenzen meiner Phantasie ausgedrückt.«

Mit einem zurückhaltenden Lächeln, das sie aufsetzte, um damit sogleich ihre Keckheit wiedergutzumachen, sagte Hope: »Deiner Phantasie oder deiner Erfahrung?«

»Was mich und meine Erfahrungen betrifft, gebe ich mich schon seit langem keinen Illusionen mehr hin.«

Sie tat, als fegte sie die Krumen um das Brotbrett herum zusammen, nur das und nichts weiter – und gestand dann mit unerwartetem und irgendwie unerklärlichem Nachdruck leise: »Ich habe nie recht begriffen, was das bedeutet.«

»Es bedeutet, daß ich weiß, wer ich bin. Ich weiß, was für ein Mensch ich bin und was für ein Schriftsteller. Ich habe meine eigene Art von Mut, und – bitte! – wollen wir es dabei lassen.«

Sie beschloß, ihm den Gefallen zu tun. Ich erinnerte mich an mein Essen und begann wieder zu kauen.

»Haben Sie eine Freundin?« fragte Lonoff mich.

Betsy war dahintergekommen, daß ich und ein Mädchen, das sie schon von der Ballett-Schule kannte, etwas miteinander gehabt hatten. Dieses Mädchen und ich hatten uns über einem Glas Gallo in der Küche geküßt; mutwillig hatte sie mir ihre rotweingefärbte Zungenspitze gezeigt, woraufhin ich allen Mut zusammengenommen, sie aus ihrem Stuhl gerissen und neben dem Ausguß zu Boden gezerrt hatte. Das war an einem Abend geschehen, da Betsy zum Tanzen ins City Center gegangen und die Freundin vorbeigekommen war, eine Platte abzuholen und zu sehen, wie es mit einem Flirt stehe, den wir ein paar Monate zuvor begonnen hatten, als Betsy mit ihrer Truppe auf Tournee gewesen war. Auf den Knien hockend, mühte ich mich ab, sie auszuziehen; sie ihrerseits leistete nicht allzu heftig Widerstand, hielt mir aber – gleichfalls auf den Knien – vor, was für ein gemeiner Kerl ich sei, Betsy dies anzutun. Ich enthielt mich, ihr meinerseits vorzuwerfen, sie verhalte sich im Grunde auch nicht ehrenhafter; sich mitten im Liebesspiel gegenseitig Beleidigungen an den Kopf zu werfen, wirkte auf mich nicht gerade wolluststeigernd, und ich befürchtete ein Fiasko, wenn ich mich hinreißen ließ, es drauf ankommen zu lassen.

Folglich nahm ich die Last der Treulosigkeit für uns beide auf mich und nagelte ihr Becken auf das Küchenlinoleum, während sie mit feuchten, lächelnden Lippen fortfuhr, mich über meine Charakterfehler aufzuklären. Ich befand mich damals gerade in jener Phase meiner erotischen Entwicklung, in der mich nichts mehr erregte als die Vorstellung, auf dem Fußboden zu vögeln.

Betsy war ein romantisches, schreckhaftes, übernervöses Mädchen, das schon das unvermutete Knattern eines Auspuffs zu einem zitternden Häufchen Unglück machen konnte – und als die Freundin ihr am Telephon ein paar Tage später zu verstehen gab, mir sei nicht zu trauen, brachte sie das fast um. Es war damals ohnehin gerade eine schlechte Zeit für sie. Wieder einmal hatte eine ihrer Rivalinnen die Rolle des Schwans in *Schwanensee* bekommen, und so hieß es für sie, vier Jahre, nachdem Balanchine sie als vielversprechende Siebzehnjährige engagiert hatte, noch immer, sich über die Masse des *corps de ballet* zu erheben und ihr Können unter Beweis zu stellen, und im Moment sah es ganz danach aus, als ob ihr das nie gelingen würde. Wie sie an sich arbeitete, die beste zu werden! Ihre Kunst ging ihr über alles, eine Einstellung, die für mich nicht weniger verführerisch war als die großen, gemalten Glutaugen des Zigeunermädchens und das kleine, unbemalte Äffchen-Gesicht sowie der elegante und bestrickende Anblick, den sie bot, selbst wenn sie mit etwas ästhetisch so wenig Vielversprechendem beschäftigt war wie etwa halb schlafend mitten in der Nacht einsam in meinem Badezimmer zu pinkeln. Als wir uns in New York kennenlernten, hatte ich keine Ahnung vom Ballett und noch nie eine richtige Tänzerin auf der Bühne gesehen, geschweige denn im Alltagsleben und privat. Ein Kamerad von der Army, der als Nachbarsohn zusammen mit Betsy in Riverdale aufgewachsen war, hatte uns Karten für einen Tschaikowsky-Abend besorgt und verabredet, daß wir uns am Nachmittag um die Ecke vom City Center auf einen Kaffee mit einem Mädchen trafen, das darin mittanzte. Frisch von der Probe kommend und bezaubernd von sich selbst erfüllt, erheiterte Betsy uns dadurch, daß sie uns von den Qualen ihres aufopferungsvollen Berufs erzählte – nach ihr zu urteilen, ein Mittelding zwischen dem Leben eines Boxers und dem einer Nonne. Und dieses ewige Hoffen und Zagen! Diese Sorgen! Angefangen hatte sie ihre Ausbildung mit acht Jahren und seither hatte sie sich ständig Sorgen um ihre Größe und ihr Gewicht gemacht, um ihre Ohren und ihre Rivalinnen, ihre Verletzungen und ihre Chancen – im Moment zum Beispiel hatte sie entsetzliche Angst vor heute abend. Ich selbst konnte nicht einsehen, warum sie auch nur im geringsten wegen irgend etwas Angst haben sollte (am allerwenigsten wegen ihrer Ohren), so überwältigt war ich bereits von ihrer Hingabe und dem Glanz, der sie umgab! Im Theater konnte ich mich – nachdem die

Musik angefangen hatte und Dutzende von Tänzerinnen auf die Bühne getrippelt waren – unseligerweise nicht mehr erinnern, ob sie uns vorhin erzählt hatte, sie sei eines der Mädchen in lavendelfarbenen Röckchen mit roter Blume im Haar oder eines der Mädchen im roten Röckchen mit lavendelfarbener Blume im Haar, und so war ich den ganzen Abend über mit dem Versuch beschäftigt, sie zu entdecken. Jedesmal, wenn ich dachte, daß die Beine und Arme, an denen meine Augen hingen, Betsy gehören müßten, überkam mich ein solches Hochgefühl, daß ich am liebsten laut geklatscht hätte – doch dann kam wieder eine Zehnerschar von Schönheiten über die Bühne geschwebt, und ich dachte: Nein, da, *das* ist sie.

»Sie waren bezaubernd«, sagte ich ihr hinterher. »Ja? Hat mein kleines Solo Ihnen gefallen? Eigentlich ist es gar kein richtiges Solo – es dauert ja nur fünfzehn Sekunden. Aber ich finde, es ist zauberhaft.« – »Ach, ich fand's umwerfend«, sagte ich, »und mir kam's länger vor als fünfzehn Sekunden.«

Ein Jahr später fand unsere künstlerische und erotische Beziehung ein Ende, als ich gestand, daß die gemeinsame Freundin nicht das erste Mädchen sei, das auf dem Fußboden von mir aufs Kreuz gelegt worden war, während Betsy sich irgendwo die Seele aus dem Leib tanzte und ich nächtens Zeit hatte, es nichts zu tun gab und niemand mich abhalten konnte. So hätte ich es nun schon seit geraumer Zeit getrieben, und ich mußte zugeben, daß das keine Art war, sie zu behandeln. Diese mutige Ehrlichkeit zeitigte selbstverständlich wesentlich schrecklichere Folgen als wenn ich einfach gestanden hätte, die willige Verführerin verführt zu haben, und es dabei hätte bewenden lassen; niemand hatte mich nach etwas anderem gefragt. Doch hingerissen von der Vorstellung, daß ich, wenn ich schon ein treuloser Unhold war, zumindest ein ehrlicher treuloser Unhold sein wollte, war ich grausamer als ich beabsichtigt hatte und es nötig gewesen wäre. In einem Anfall reuevoller Niedergeschlagenheit floh ich aus New York nach Quahsay, wo es mir schließlich gelang, mich von der Sünde der Wollust und dem Verbrechen des Betrugs freizusprechen, indem ich hinter den Schaufeln eines Schneepflugs zusah, wie er Straßen und Wege der Künstlerkolonie freimachte für meine einsamen und euphorischen Spaziergänge – Spaziergänge, in deren Verlauf ich nicht zögerte, Bäume zu umarmen und niederzuknien und den glitzernden Schnee zu küssen, so bis zum Bersten erfüllt war ich von dem Gefühl der Dankbarkeit, der Freiheit und der Erneuerung.

Von alledem erzählte ich den Lonoffs nur den reizvollen Teil unseres Kennenlernens, und außerdem sagte ich ihnen, daß meine Freundin und ich – so traurig es sei – im Moment versuchten, eine Zeitlang getrennt zu leben. Ansonsten malte ich sie in den Einzelheiten so sehr gleichsam aus dem Blickwinkel des blind ergebenen Ehemannes heraus, daß ich – abgesehen von dem unbehaglichen Gefühl, für dieses alte Ehepaar vielleicht ein bißchen allzu dick aufzutragen – mich nun nachgerade fragte, was für ein Idiot ich gewesen sein müsse, auf ihre Liebe zu verzichten. Beim liebevollen Ausmalen all ihrer lauteren Eigenschaften hätte mich ums Haar ein solcher Kummer übermannt, als ob meine unglückliche Ballerina, statt vor Wut zu heulen und mich anzuschreien, ich solle machen, daß ich verschwände und nie zurückkommen, in meinen Armen und an unserem Hochzeitstag gestorben wäre.

Hope Lonoff sagte: »Daß sie Tänzerin war, wußte ich. Das stand in der *Saturday Review*.«

Die *Saturday Review* hatte einen Artikel über Amerikas unbekannte junge Schriftsteller gebracht, Photos und knappe Abrisse von jenem »Dutzend, das man im Auge behalten sollte«, ausgewählt von den Herausgebern der maßgeblichen literarischen Vierteljahreszeitschriften. Ich war photographiert worden, wie ich mit Nijinsky, unserer Katze, spielte, hatte dem Interviewer gestanden, meine »Freundin« sei beim New York City Ballett und auf die Frage nach den drei noch lebenden Schriftstellern, die ich am meisten bewunderte, an erster Stelle E. I. Lonoff genannt.

Jetzt war ich leicht verstört bei dem Gedanken, daß dies das erste gewesen sein müsse, was Lonoff von mir gehört hatte – wiewohl ich zugegebenermaßen, während ich die unmöglichen Fragen des Journalisten beantwortete, gehofft hatte, daß meine Aussage ihn dazu bringen könnte, aufmerksam auf meine Arbeiten zu werden.

An dem Morgen, da die Zeitschrift an den Zeitungskiosken verkauft wurde, muß ich das Stück über »N. Zuckerman« wohl an die fünfzig Mal durchgelesen haben. Ich versuchte, meine selbstverordneten sechs Stunden an der Schreibmaschine durchzuhalten, schaffte es jedoch nicht, zumal ich alle fünf Minuten nach dem Artikel griff und mein Photo betrachtete. Ich weiß nicht, was ich darin zu sehen erwartete – die Zukunft vermutlich, die Titel meiner ersten zehn Bücher – doch erinnere ich mich genau, daran gedacht zu haben, daß dieses Photo eines empfindsamen und ernsthaften jungen Schriftstellers, der so sanft mit einem Kätzchen spielte und erklärte, in einer Greenwich Village-Wohnung im fünften Stock ohne Fahrstuhl mit einer jungen Ballerina zusammenzuleben, jede Menge aufregender Frauen bewegen müsse, den Versuch zu unternehmen, ihren Platz einzunehmen.

»Ich hätte nie zulassen sollen, daß das erscheint«, sagte ich. »Wenn ich geahnt hätte, wie alles herauskommen würde! Sie haben mich eine Stunde lang interviewt, aber was sie hinterher von dem verwendeten, was ich gesagt habe, war Unsinn.«

»Sie brauchen sich nicht zu entschuldigen«, sagte Lonoff.

»Nein, wirklich nicht«, sagte seine Frau und lächelte mich an. »Was ist schon Unrechtes dabei, wenn ein Bild von einem in einer Zeitung erscheint.«

»Das Bild meine ich nicht – wenngleich das auch. Ich habe ja nicht gewußt, daß sie ausgerechnet das mit der Katze nehmen würden. Ich hatte erwartet, das an der Schreibmaschine. Dabei hätte mir klar sein müssen, daß sie schließlich nicht jeden an einer Schreibmaschine bringen konnten. Die junge Frau, die vorbeikam, um die Aufnahmen zu machen« – und die ich erfolglos auf den Boden zu werfen versucht hatte – »sagte, das Bild mit der Katze würde sie nur für Betsy und mich machen.«

»Sie brauchen sich nicht zu entschuldigen«, wiederholte Lonoff, »es sei denn, Sie wüßten mit Sicherheit, daß Sie es nächstesmal nicht wieder tun werden. Sonst tun Sie's einfach und damit basta. Machen Sie keine große Sache daraus.«

Hope sagte: »Er meint nur, er habe Verständnis, Nathan. Er hegt größte Hochachtung vor dem, was Sie sind. Wir haben nie Besuch, es sei denn Leute, die Manny schätzt. Er ist höchst unduldsam gegenüber Leuten ohne Substanz.«

»Genug«, sagte Lonoff.

»Ich möchte bloß nicht, daß Nathan was gegen dich hat, wegen Überlegenheitsgefühlen, die du gar nicht hast.«

»Meine Frau wäre glücklicher gewesen mit einem Gefährten, der weniger hohe Ansprüche stellt.«

»Aber du stellst gar keine so übertriebenen Ansprüche«, sagte sie, »an keinen Menschen außer an dich selbst. Nathan, Sie brauchen sich nicht zu rechtfertigen. Warum sollten Sie das erste Bißchen Anerkennung nicht genießen, das Ihnen zuteil wird? Wer verdient sie mehr als ein begabter junger Mann wie Sie? Denken Sie an all die wertlosen Leute, die uns Tag für Tag als bewundernswerte Vorbilder vorgehalten werden: Filmstars, Politiker, Sportler. Bloß, daß Sie zufällig Schriftsteller sind, bedeutet doch nicht, daß Sie sich die ganz gewöhnliche menschliche Freude, gelobt und beklatscht zu werden, versagen müßten.«

»Gewöhnliche menschliche Freuden haben nichts damit zu tun. Gewöhnliche menschliche Freuden können uns gestohlen bleiben! Dieser junge Mann will Künstler sein.«

»Liebling«, hielt sie dem entgegen, »du mußt dich doch für Nathan so – so unerbittlich anhören. Und das bist du doch in Wirklichkeit gar nicht. Du bist der verzeihendste, verständnisvollste und bescheidenste Mensch, den ich kenne. Viel zu bescheiden.«

»Vergessen wir, wie sich das anhört, was ich sage, und laß uns den Nachtisch essen.«

»Aber du bist nun mal ein besonders freundlicher Mensch. Das ist er wirklich, Nathan. Sie haben Amy kennengelernt, nicht wahr?«

»Miss Bellette?«

»Wissen Sie, was er für sie getan hat? Als sie sechzehn war, hat sie ihm einen Brief geschrieben – an seinen Verlag zum Weiterleiten an ihn; ach, einen so bezaubernden, so quicklebendigen Brief – so mutig, so draufgängerisch. Sie erzählte ihm ihre Geschichte, und statt sie zu vergessen, antwortete er ihr. Er hat den Leuten immer geantwortet – selbst den Narren zumindest ein paar höfliche Zeilen.«

»Und was war das für eine Geschichte?« fragte ich.

»Vertrieben«, sagte Lonoff. »Flüchtling.« Das schien ihm zu genügen, nicht hingegen der Planwagen-Frau, die mich jetzt durch die Art und Weise überraschte, mit der sie weiterdrängte. Ob es das bißchen Wein war, das ihr in den Kopf gestiegen war? Oder war da etwas, das in ihr brodelte?

»Sie schrieb, sie sei eine hochintelligente, schöpferische und charmante Sechzehnjährige, die jetzt bei einer nicht sehr intelligenten, unschöpferischen und durchaus nicht charmanten Familie in Bristol lebe, in England, also. Sie nannte sogar ihren IQ«, sagte Hope. »Nein, nein, das war erst im zweiten Brief. Aber gleichviel, sie sagte, sie wünsche sich, sie könnte einen neuen Anfang im Leben machen, und da dachte sie, der Mann, dessen großartige Stories sie in ihrer Schulanthologie gelesen habe...«

»Es war keine Anthologie, aber erzähl ruhig weiter.«

Hope versuchte ihr Glück mit einem sich selbst zurücknehmenden Lächeln, doch es war recht schwach. »Ich glaube, ich kann ohne Hilfe erzählen.

Ich gebe ja nur die Tatsachen wieder, und zwar ganz ruhig, wie ich meine. Daß die Story in einer Zeitschrift stand und nicht in einer Anthologie, bedeutet doch nicht, daß ich meine fünf Sinne nicht mehr beisammen hätte. Außerdem ist es ja nicht Amy, um die es hier geht, durchaus nicht. Worum es hier geht, das ist deine außerordentliche Freundlichkeit und Hilfsbereitschaft. Deine Sorge um alle Bedürftigen – alle, mit Ausnahme von deinem eigenen Selbst und deinen Bedürfnissen.«

»Mein ›Selbst‹, wie du es zu nennen beliebst, gibt es nun mal nicht in der alltäglichen Bedeutung des Wortes. Infolgedessen könntest du aufhören, dieses Selbst mit Lob zu überhäufen. Und dir Gedanken über seine ›Bedürfnisse‹ zu machen.«

»Aber dein ›Selbst‹ gibt es. Es hat doch durchaus ein *Recht* zu sein – und zwar in dem Sinn, wie man das Wort jeden Tag gebraucht.«

»Genug«, meinte er abermals.

Woraufhin sie aufstand und sich anschickte, die Teller fortzunehmen, um den Nachtisch zu servieren – und plötzlich zersprang ein Weinglas an der Wand. Hope hatte es dagegengeworfen. »Wirf mich doch raus«, rief sie, »ich will, daß du mich rauswirfst! Sag mir bloß nicht, das könntest du nicht, denn du mußt! Ich will, daß du es tust! Ich werde noch das Geschirr spülen, dann wirf mich raus, heute abend! Ich flehe dich an – lieber lebe und sterbe ich allein, lieber ertrage ich das, als daß ich dein würdevolles Benehmen noch einen Augenblick länger ertrage. Ich kann angesichts der Enttäuschungen des Lebens keine Moralpredigten mehr ertragen. Weder von dir noch von mir! Ich kann es *keine Sekunde länger* ertragen, einen ergebenen, würdevollen Mann zu haben, der sich keine Illusionen über sich selber macht.«

Mein Herz klopfte mir selbstverständlich bis zum Hals hinauf, wenngleich nicht einzig und allein deshalb, weil der Klang eines zerscherbenden Glases und der Anblick einer enttäuschten, jämmerlich weinenden Frau etwas Neues für mich gewesen wären. An unserem letzten gemeinsamen Vormittag hatte Betsy jeden einzelnen Teller des hübschen kleinen Bloomingdale-Geschirrs zertrümmert, das uns gemeinsam gehörte, und dann, als ich zögerte, mein Apartment zu verlassen, ohne meine Position klargemacht zu haben, hatte sie auch noch mit den Gläsern angefangen. Der Haß auf mich, den ich entfacht hatte, indem ich die ganze Wahrheit gestand, hatte mich ganz besonders irregemacht. Hätte ich doch nur gelogen, dachte ich – hätte ich doch nur gesagt, daß die Freundin, die angedeutet hatte, mir sei nicht zu trauen, nichts weiter sei als eine Unruhe stiftende Zicke, eifersüchtig auf Betsys Erfolg und ziemlich durchgedreht, dann würde all dies nicht geschehen. Freilich, hätte ich ihr etwas vorgelogen, dann hätte ich sie *belogen!* Bis auf das, was ich über die Freundin gesagt haben würde, wäre im Grunde alles wahr gewesen! Ich sah da nicht mehr durch! Und Betsy gleichfalls nicht, als ich versuchte, sie zu beschwichtigen und ihr klarzumachen, was für ein toller Kerl ich doch in Wirklichkeit sei, da ich so aufrichtig gewesen war. Genau das war der Augenblick gewesen, da sie sich angeschickt hatte, die schlanken Trinkgläser zu zerschmettern, ein aus sechs Stücken bestehendes Set aus Schweden, das wir, um endlich die Marmeladengläser zu ersetzen, vor ein paar Monaten auf einem fröhlichen, quasi ehelich-einträchtigen Einkaufsbummel bei Bonniers erstanden hatten (und zwar zusammen mit einem hübschen skandinavischen Kuscheltеppich, auf welchen ich dann bei sich bietender Gelegenheit die Photographin von der *Saturday Review* herabzuziehen versucht hatte).

Hope Lonoff war mittlerweile wieder auf ihren Stuhl zurückgefallen, um über den Tisch hinweg ihren Mann anzuflehen. Dort, wo sie in einem Anfall von Selbsterniedrigung die Nägel in die weiche Haut mit den vielen feinen Fältchen eingegraben hatte, wies ihr Gesicht gerötete Flecken auf. Die fahrigen und fliegenden Bewegungen ihrer Finger erschreckten mich womöglich noch mehr als das Klägliche in ihrer Stimme, und ich überlegte, ob ich nicht vorsorglich hinübergreifen und die Gabel vom Vorlegebesteck auf dem Tisch an mich nehmen sollte, ehe sie sich die Zinken in den Busen stieß und Lonoffs ›Selbst‹ die Freiheit gab zu tun, was es ihrer Meinung nach brauchte. Doch da ich nur ein Gast war – wie ich überhaupt alles, was man sich denken konnte, ›nur‹ war – ließ ich sämtliches Besteck, wo es war, und wartete auf das Schlimmste.

»Nimm sie, Manny. Wenn du sie willst, nimm sie«, schrie sie, »dann bist du jedenfalls nicht so unglücklich, dann sieht alles in der Welt nicht mehr so trostlos aus. Sie ist keine Studentin mehr – sie ist eine Frau! Du hast ein *Recht* auf sie – du hast sie aus dem Vergessen herausgerissen, du hast mehr als ein Recht darauf: es ist doch das einzig Sinnvolle! Sag ihr, sie soll diesen Job annehmen, sag ihr, sie soll bleiben! Das sollte sie tun! Und ich zieh' aus! Denn ich kann keinen Augenblick länger als deine Gefängniswärterin leben! Dein Edelsinn frißt das letzte weg, was noch geblieben ist! Du bist Denkmal und Fels und kannst es ertragen – alles ertragen – aber ich, ich bin am Ende, Liebling, und ich kann es nicht. Schmeiß mich raus! Bitte, tu's jetzt, ehe deine Güte und deine Klugheit uns beide umbringt!«

Lonoff und ich saßen nach dem Abendessen im Wohnzimmer beisammen, redeten und nippten mit bewundernswerter Mäßigkeit an dem Löffel voll Cognac, den er auf zwei große Cognacschwenker aufgeteilt hatte. Ich hatte Branntwein bis dahin nur als Hausmittel gegen Zahnweh kennengelernt: ein zusammengedrehter, mit dem Zeug getränkter Wattebausch, den ich gegen das klopfende Zahnfleisch preßte, bis meine Eltern mich zum Zahnarzt bringen konnten. Jetzt freilich nahm ich Lonoffs Angebot an, als ob es durchaus im Einklang stünde mit meinen üblichen Gewohnheiten nach dem Essen. Die Situation geriet womöglich noch komischer, als mein Gastgeber, offenbar gleichfalls ein großer Trinker vor dem Herrn, ging, um die richtigen Gläser auszuwählen. Nach systematischem Suchen fand er sie schließlich hinten auf dem untersten Bord einer Glasvitrine in der Diele. »Ein Geschenk«, erklärte er, »ich dachte, sie wären noch im Karton«, und trug zwei hinüber in die Küche, um den Staub abzuspülen, der sich seit den Zeiten Napoleons, dessen Name auf der noch nicht angebrochenen Cognac-Flasche prangte, auf ihnen gesammelt zu haben schien. Da er schon einmal dabei war, fand er offenbar, könne er genausogut auch die anderen vier dazugehörigen Gläser spülen und in die Vitrine zurückstellen, ehe er sich wieder zu mir gesellte und zum fidelen Teil des Abends vorm Kamin überging.

Nicht sehr viel später – alles in allem, vielleicht zwanzig Minuten, nachdem er sich geweigert hatte, auf ihre Bitte einzugehen, von Amy Bellette abgelöst zu werden – konnte man Hope in der Küche rumoren und das Geschirr spülen hören, das Lonoff und ich nach ihrem Abgang wortlos vom Tisch geräumt hatten. Sie schien über eine weiter hinten im Hause befindliche Treppe von ihrem Schlafzimmer heruntergekommen zu sein – vermutlich, um uns in unserem Gespräch nicht zu stören.

Als ich ihm beim Tischabräumen half, hatte ich nicht

gewußt, was ich mit ihrem zerbrochenen Weinglas oder der Untertasse tun sollte, die sie versehentlich heruntergeworfen hatte, als sie hastig vom Tisch aufgestanden und hinausgeeilt war. Als Unschuldiger war es offensichtlich meine Pflicht, dem beleibten Mann im tadellosen Anzug die Mühe, sich zu bücken, zu ersparen, zumal es sich in diesem Falle hier um E. I. Lonoff handelte; andererseits bemühte ich mich immer noch weiter, so zu tun, als wäre nichts Schockierendes in meiner Gegenwart geschehen. Um den Koller auch weiterhin als das zu sehen, was er war, zog er es vielleicht sogar vor, die Scherben einfach liegenzulassen, damit Hope sie später entfernen konnte, vorausgesetzt sie beging in ihrem Schlafzimmer nicht vorher Selbstmord.

Noch während meine Gefühle für das moralisch Schickliche und meine jugendliche Feigheit mit meiner Naivität im Widerstreit lagen, fegte Lonoff, leise unter der Mühe, die es ihm bereitete, stöhnend, das Glas auf eine Kehrschaufel und holte die Untertasse unterm Eßtisch hervor. Die Untertasse war säuberlich in zwei Teile zersprungen, und nachdem er sich die Bruchstellen genau angesehen hatte, sagte er: »Die kann sie wieder zusammenkitten.«

In der Küche legte er ihr den kleinen Teller zum Reparieren auf eine lange hölzerne Arbeitsplatte, auf der unterm Fenster in Tontöpfen rosa und weiße Geranien standen. Die Küche war ein heller, hübscher

Raum, in dem es ein bißchen lustiger und lebendiger aussah als im Rest des Hauses. Neben den selbst jetzt im Winter reichblühenden Geranien standen überall in Krügen, Vasen und merkwürdig geformten Flaschen hohe Rohrkolben und Strohblumen herum. Die Wandschränke mit den Glastüren hatten etwas Blitzendes, Anheimelndes und Beruhigendes: Konserven mit untadeligen Firmenetiketten – etwa *Bumble Bee*-Thunfisch, der ausgereicht hätte, daß eine ganze Eskimo-Familie in ihrem Iglu bis zum Frühjahr hätte überleben können – sowie Gläser mit Tomaten, Bohnen, Birnen, Speiseäpfeln und dergleichen, die Hope persönlich eingemacht zu haben schien. Töpfe und Pfannen mit schimmernden Kupferböden hingen in Reihen an einer Pflockleiste neben dem Herd, und an der Wand überm Frühstückstisch ein halbdutzend holzgerahmter Bilder, die sich als kurze Naturgedichte herausstellten, gezeichnet mit den Initialen »H. L.«, in zarter Schönschrift geschrieben und mit kleinen Aquarellzeichnungen versehen. Die Küche schien in der Tat das Hauptquartier einer Frau, die, auf ihre zurückhaltende Weise alles kitten und alles fertigbringen konnte, außer herauszufinden, wie sie ihren Mann glücklich machte.

Wir redeten über Literatur, und ich schwebte im siebten Himmel – gleichzeitig war ich aber auch schweißgebadet von dem Scheinwerferlicht, das er auf mich richtete, damit ich mich darin sonnte. Jedes Buch, das für mich neu war – dessen war ich sicher – mußte er schon vor langer Zeit mit Anstreichungen und Anmerkungen versehen haben; trotzdem ging es ihm betont darum, meine Gedanken über diese Bücher zu hören und nicht seine eigenen. Die Wirkung dieser gespannten Aufmerksamkeit sollte mich eine kostbare Einsicht nach der anderen einheimsen, und außerdem gebannt jedem seiner Seufzer lauschen und jedem Verziehen seines Gesichts folgen lassen, wobei ich das, was wohl nichts anderes war als ein leichter Anfall von Nach-Essens-Brummigkeit als schlimmste Verdammung meines Geschmacks und meiner Intelligenz empfand. Wiewohl ich fürchtete, allzu sehr darum bemüht zu sein, wie jene tiefsinnigen Denker zu klingen, für die er nichts übrig hatte, ließ ich mich davon jedoch durch nichts abbringen, jetzt nicht nur im Bann des Mannes und seiner Leistung, sondern auch des warmen Holzfeuers, des Cognac-Schwenkers, den ich in meiner Hand hielt (wenn auch noch nicht des Cognacs) sowie des Schnees, der jenseits der kissenbedeckten Fensterbänke herunterrieselte, schwer, zuverlässig schön und geheimnisvoll wie eh und je. Dann waren da die großen Romanciers, deren faszinierende Zaubernamen ich sang, als ich meine inter-kulturellen Vergleiche und meinen brandneuen Enthusiasmus für sie ihm zu Füßen gelegt hatte – Zuckerman und Lonoff, die über Kafka diskutierten: ich konnte es einfach noch nicht fassen, geschweige denn, mich darüber beruhigen. Dazu noch sein Trinkspruch am Abendbrottisch. Das ließ meine

Temperatur immer noch jedesmal, wenn ich daran dachte, auf vierzig Grad ansteigen. Insgeheim schwor ich mir, den Rest meines Lebens darum zu kämpfen, ihn zu verdienen. War das nicht überhaupt der Grund, warum er ihn ausgebracht hatte, mein erbarmungsloser neuer Meister?

»Ich habe gerade Isaac Babel gelesen«, berichtete ich ihm.

Ohne eine Miene zu verziehen, dachte er darüber nach.

»Ich fand – mehr oder weniger als Denkspiel – daß er das fehlende Bindeglied darstellt; diese Geschichten verbinden Sie, falls Sie nichts dagegen haben, daß ich Ihr Werk erwähne...«

Er kreuzte seine Hände auf seinem Bauch und ließ sie dort liegen – Bewegung genug, mich sagen zu lassen: »Verzeihung.«

»Reden Sie ruhig weiter. Verbunden mit Babel. Wie?«

»Nun ja, ›verbunden‹ ist selbstverständlich nicht der richtige Ausdruck. Und ›Einfluß‹ auch nicht. Es ist Familienähnlichkeit, wovon ich rede. Es ist – so wie ich es sehe – als ob Sie Babels amerikanischer Cousin wären – der andere ist Felix Abravanel. Sie durch *Jesu Sünde* und etwas in der *Roten Kavallerie,* durch das Ironisch-Verträumte und die ungeschminkte Reportage und selbstverständlich durch den Stil selbst. Verstehen Sie, was ich meine? Da steht ein Satz in einer seiner Kriegsgeschichten: ›Voroschilow kämmte die Mähne seines Pferdes mit seiner Mauser.‹ Tja, und das ist haargenau etwas, was Sie auch machen, ein Bild, das in jedem Wort betroffen macht. Babel hat gesagt, wenn er jemals seine Autobiographie schriebe, würde er sie *Die Geschichte eines Adjektivs* nennen. Nun, wenn man sich vorstellen könnte, daß Sie Ihre Autobiographie schrieben – wenn sowas überhaupt vorstellbar wäre – dann könnten auch Sie mit einem solchen Titel aufwarten. Oder?«

»Und Abravanel?«

»Ach, bei Abravanel ist es Benya Krik und der Pöbel von Odessa: diese hämische Freude, die Banditen, all diese ungeheuerlichen Typen. Nicht, daß seine Sympathie immer bei den Unholden läge, das ist es nicht – das ist es ja auch bei Babel nicht. Nein, daß sie einen solchen ehrfürchtigen Schrecken vor ihnen haben. Selbst wenn sie entsetzt sind von ihnen, haben sie immer noch Ehrfurcht vor ihnen. Tiefsinnige, nachdenkliche Juden, die bei diesem ganzen un-talmudischen Knochen-Zermalmen ein bißchen liebeskrank werden. Empfindsame jüdische Weise, wie Babel sagt, die am liebsten auf Bäume klettern würden.«

»›In meiner Kindheit führte ich das Leben eines Weisen, doch als ich erwachsen wurde, fing ich an, auf Bäume zu klettern.‹«

»Ja, so heißt es bei ihm«, sagte ich. Ich hatte nicht weniger erwartet, war aber dennoch beeindruckt. Und fuhr fort: »Sehen Sie sich Abravanels *Properly Scalded* an. Die Großen Bosse der Filmindustrie, Gewerkschafts-Bosse, Unterwelts-Bosse, Frauen, die einfach kraft ihrer Brüste Bosse sind – selbst die ganz und gar Heruntergekommenen, die Penner und Wermutbrüder, die früher aber mal Große Bosse waren. Da zeigt sich wie Babel fasziniert ist von Juden, die mal ihre Glanzzeit gehabt haben, von skrupellosen Kosacken, von jedem, der sich seine Gesetze selber gibt. Der Wille als Die Große Vorstellung. Nur, daß Babel selbst dabei nicht so liebenswert und überwältigend wegkommt. Doch so sieht er die Dinge nicht. Er ist eine Art Abravanel, in dem sich die ganze Selbstversenkung erschöpft hat. Und wenn man genug herausgezogen hat, nun, dann kommt man zuletzt bei Lonoff an.«

»Und wie steht es mit Ihnen?«

»Mit mir?«

»Ja. Sie sind doch noch nicht fertig. Sind Sie nicht auch ein amerikanischer Cousin aus dem Babel-Clan? Was ist Zuckerman in alledem?«

»Hm – nichts. Ich hab' ja nur die vier Stories veröffentlicht, die ich Ihnen geschickt habe. Meine Verwandtschaft existiert nicht. Ich glaube, ich bin immer noch an dem Punkt, wo praktisch noch nicht einmal meine Beziehung zu meinem *eigenen* Werk existiert.«

Sagte es und griff rasch nach meinem Glas, um mein unehrliches Gesicht zu senken und gleichsam zu verhüllen und einen Tropfen des bitteren Cognacs auf der

Zunge zergehen zu lassen. Lonoff jedoch hatte dasjenige, worauf ich hinauswollte, durchaus richtig erkannt; denn als ich zu Babels Beschreibung des jüdischen Schriftstellers als eines Mannes mit Herbst im Herzen und Brille auf der Nase gekommen war, hatte ich nicht widerstehen können hinzuzufügen: »und Blut in seinem Penis«, und hatte dann die Worte wie eine Herausforderung aufgesagt – eine flammende Dädalus'sche Formel, die Esse *meiner* Seele in Brand zu setzen.

»Und weiter?« fragte Lonoff. »Kommen Sie, nicht schüchtern sein! Ich genieße das sehr. Bitte, reden Sie!«

»Und worüber?«

»Über all die Bücher, die Sie gelesen haben.«

»Ihre eingeschlossen oder ausgeschlossen?« fragte ich ihn.

»Wie Sie wollen.«

Ich sagte: »Für mich sind Sie ein Jude, der davongekommen ist.«

»Und hilft das?«

»Es ist doch *etwas* Wahres dran, oder? Sie sind Rußland und den Pogromen entkommen. Sie sind den Säuberungen entkommen – Babel hingegen nicht. Und Sie sind auch Palästina und der Heimstätte der Juden entkommen. Und Sie sind Brookline und den Verwandten entkommen. Sie sind New York entkommen...«

»Und all das ist *wo* aufgezeichnet? Bei Hedda Hopper?«

»Einiges da. Den Rest habe ich mir selbst zusammengereimt.«

»Zu welchem Zweck?«

»Wenn man einen Schriftsteller bewundert, wird man neugierig. Man sucht, hinter sein Geheimnis zu kommen. Nach dem Schlüssel zu den Rätseln, die er einem aufgibt.«

»Aber New York – da war ich nur drei Monate, und das ist zwanzig Jahre her. Wer hat Ihnen gesagt, daß ich New York entkommen bin?«

»Manche von den Juden da unten, denen Sie entkommen sind.«

»Ich war nur drei Monate in New York, und habe, soviel ich weiß, nur einmal etwas dazu gesagt. Was, weiß ich nicht mehr, aber plötzlich gehörte ich zu einer bestimmten Gruppe.«

»Und deshalb sind Sie weggegangen?«

»Da war auch noch das Mädchen, in das ich mich verliebt hatte und das ich heiratete. Sie war nicht glücklich.«

»Warum nicht?«

»Ihr erging es genauso wie mir. Vor diesen Intellektuellen konnte man schon Angst bekommen, auch damals schon. Regelrechte ideologische Benya Kriks, schon in den Kinderschuhen. Ich hatte keine Ansichten, die fest genug gewesen wären, um es dort unten auch nur ein Jahr auszuhalten. Und meine Hope womöglich noch weniger.«

»Und da sind Sie hierher zurückgekommen, sind Sie für immer entkommen?«

»Den Juden? Durchaus nicht. Der Förster erzählt mir, daß es außer mir noch ein paar andere hier oben in diesen Bergen gibt. Aber mehr oder weniger haben Sie recht. Das Wild in den Feldern ist es, das die Farmer verrückt macht, nicht die paar wenigen von uns, die sie hier im Kaftan rumlaufen sehen. Aber wo liegt das Geheimnis, Nathan? Worin besteht es?«

»Weg von all den Juden – und doch ist eine Story von Ihnen, in der kein Jude vorkäme, undenkbar. Das Wild, die Farmer, der Förster...«

»Und vergessen Sie Hope nicht. Und meine blonden Kinder.«

»Trotzdem schreiben Sie über Juden.«

»Was was beweist?«

»Das«, sagte ich und war dabei sehr auf meiner Hut, »würde ich gern *Sie* fragen.«

Er sann einen Augenblick darüber nach. »Es beweist, warum der junge Rabbi in Pittsfield einfach nicht begreifen will, daß ich nicht ›aktiv‹ mitarbeiten will.«

Ich wartete auf mehr, doch vergebens.

»Kennen Sie Abravanel?« fragte ich.

»Nathan, inzwischen ist Ihnen das doch bestimmt klargeworden.«

»Was klargeworden?«

»Daß ich keinen Menschen kenne. Ich kremple Sätze um, und damit hat sich's. Warum sollte Abravanel den

Wunsch haben, mich kennenzulernen? Ich bringe ihn zum Gähnen. Letztes Frühjahr hat er in Amherst einen Vortrag gehalten. Wir bekamen eine Einladung, und da sind wir rübergefahren, ihn uns anzuhören. Aber das ist das einzige Mal, daß wir uns begegnet sind. Vorm Vortrag kam er den Mittelgang herunter auf mich zu und stellte sich vor. Er war sehr schmeichelhaft. Mein respektvoller junger Kollege. Hinterher haben wir ein Glas mit ihm und seiner jungen Schauspielerin getrunken. Ein sehr gebildeter und eleganter Bursche. Den Satiriker in ihm erkennen Sie erst, wenn Sie mitkriegen, was für ein Commedia dell'arte-Profil er hat. Darin lebt sein ganzer Spott und Hohn. Von vorn gesehen, ist er ein Mädchenschwarm. Glänzende schwarze Bombay-Augen und so weiter. Und seine junge Israeli-Frau ist wie Lava. Der gojische Traum von der melonenbrüstigen Jüdin. Und dieser Schopf von harten gekräuselten Haaren – das lange weibliche Gegenstück zu dem seinen. Man könnte sie als Topfkratzer benutzen. In dem großen Film über die Bibel soll sie der Schöpfung die ganze Schau gestohlen haben, hat man mir gesagt. Da waren diese beiden, und da war ich mit Hope. Und mit diesem«, sagte er und legte abermals die Hände leicht auf seinen Bauch. »Soviel ich weiß, parodiert er mich auf sehr humorvolle Weise für seine Freunde. Was gar nicht bös gemeint ist. Eine meiner ehemaligen Schülerinnen ist ihm in Paris begegnet. Er hatte in der Sorbonne gerade vor vollem Haus einen Vortrag gehalten. Man hat mir erzählt, als er meinen Namen hörte, habe er mich als ›vollkommenen Menschen‹ bezeichnet, ›ebenso unbeeindruckend wie er selber unbeeindruckt ist‹.«

»Sie mögen ihn nicht besonders.«

»Das ist nicht mein Acker. ›Leute mögen‹ ist häufig nichts weiter als eine Masche. Aber Sie tun recht daran, viel von seinen Büchern zu halten. Vielleicht nicht gerade was für mich, all diese Eitelkeit, wenn er einem gegenübersteht, aber wenn er schreibt, ist er nicht bloß ein [Swift'scher] Houyhnhnm, der seine Überlegenheit mit seinen Hufen heraustrappelt. Mehr wie ein opiumnehmender Dr. Johnson – was Abravanels Ehrgeiz beflügelt, das ist die Krankheit seines Lebens. Ich bewundere den Mann, ehrlich. Ich bewundere, was er seinem Nervensystem alles zumutet. Ich bewundere seine Leidenschaft für die erste Reihe im Parkett. Schöne Ehefrauen, schöne Geliebte, Alimente in der Größenordnung von Staatsschulden, Polarexpeditionen, Kriegsberichterstattung, berühmte Freunde, berühmte Feinde, Zusammenbrüche, öffentliche Vorträge, alle drei Jahre einen Fünfhundertseitenroman, und trotzdem, wie Sie vorhin schon gesagt haben, immer noch Zeit und Energie übrig, Selbstversenkung zu üben. Die gigantischen Gestalten in seinen Büchern *müssen* einfach so groß sein, damit er über etwas nachdenken kann, was mit ihm rivalisiert. Ihn mögen? Nein. Aber beeindruckt bin ich, oh ja. Sehr sogar. Das ist kein Kinderspiel da oben in der Egosphäre. Ich weiß nicht, wann der Mann schläft, oder ob er jemals geschlafen hat, außer die paar Minuten, die er zusammen mit mir den Drink genommen hat.«

Draußen war es wie in einem Stummfilmstudio, in dem sie Kissenfüllungen in eine Windmaschine werfen und daraus einen Schneesturm machen. Große, gezackte Schneebatzen rasten über das Fenster, und als ich ihre vereisten Ränder über die Scheibe ratschen hörte – und dazu die Geräusche von jemand, der in der Küche herumrumorte – fiel mir wieder Lonoffs Frau und ihre Bitte, hinausgeworfen zu werden ein, und ich überlegte, ob diese Bitten wohl auch an einem sonnigen Frühlingstag so kompromißlos ausgefallen wären. »Ich glaube, ich rufe besser ein Taxi«, sagte ich und zeigte auf meine Uhr, »sonst bekomme ich womöglich den letzten Bus nicht mehr.«

Selbstverständlich verspürte ich nicht die geringste Lust fortzugehen. Gewiß, als Hope am Abendbrottisch geplatzt war, hatte ich mich einen Moment bei dem Wunsch ertappt, wieder in meinem kleinen Holzhaus in Quahsay zu sein; doch jetzt war die Tatsache, daß die Krise sich wie durch Zauberhand in Wohlgefallen aufgelöst zu haben schien, nur dazu angetan, meine Hochachtung vor Lonoff noch zu verstärken, insbesondere aufgrund dessen, was er ohne zu erröten *meine besondere Art von Mut* genannt hatte. Hätte doch bloß ich daran gedacht, es so zu nehmen, als *Betsy* durchdrehte; hätte ich doch bloß den Mund gehalten, bis sie fertig war damit, mich zu beschimpfen, hätte dann die Scherben zusammengekehrt, mich hingesetzt und noch ein Buch gelesen! Ja, warum hatte ich das nicht getan? Weil ich dreiundzwanzig war und er sechsundfünfzig? Oder weil ich schuldig war und er unschuldig? Jawohl, seine Autorität und die rasche Wiederherstellung des Gleichgewichts und der Ordnung in seinem Hause mochten sehr wohl etwas damit zu tun haben. »Nimm sie! Es ist das einzig Sinnvolle!« hatte Hope geschrien, und Lonoffs leichterrungener Sieg schien darauf zu beruhen, daß er diesen Wunsch niemals verspürt hatte.

Auch haßte ich es, wegen Amy Bellette ein Taxi kommen zu lassen. Ein wenig aberwitzig hoffte ich, daß sie, wenn sie vom Abendessen mit ihrer Kollegin, der Bibliothekarin, zurückkam, sich erbieten würde, mich durch den Sturm zum Bus zu fahren. Vorhin, als Lonoff gerade den Cognac abmaß – wobei er sich konzentrierte wie ein Bartender, der in Los Alamos mit spaltbarem Material geübt hatte – hatte ich gefragt, wohin sie fahre. Ich hatte einfach nicht den Mumm, mich nach ihrem Status als Heimatvertriebene zu erkundigen. Doch bei Tisch, als er gesagt hatte, sie sei als Flüchtling nach Athene gekommen, wurde ich an die »Kinder« erinnert, »die in Europa hungern«, von denen wir in *unserer* Kindheit soviel zu hören bekommen hatten, wenn wir in New Jersey beim Essen saßen. Wenn Amy eines von ihnen gewesen war, erklärte das vielleicht etwas an ihr, was mir kaputt und unterentwickelt erschienen war, trotz ihrer strahlenden Reife und ihres strengen guten Aussehens. Ich überlegte, ob dieses dunkle Flüchtlingsmädchen mit dem eigenartigen Namen Bellette Jüdin sein könne und in Europa wohl Schlimmeres als Hunger durchgemacht habe.

»Ja«, sagte Lonoff, »Sie sollten besser ein Taxi rufen.«

Widerstrebend stand ich auf, um zu gehen.

»Oder, falls Sie mögen«, sagte er, »können Sie auch über Nacht bleiben und in meinem Arbeitszimmer schlafen.«

»Nein, ich glaube, ich sollte lieber gehen«, sagte ich und verfluchte meine Erziehung, die mich gelehrt hatte, stets bescheiden zu sein und niemals zuviel Gier auf einen Nachschlag zu zeigen. Wäre ich doch in der Gosse großgeworden! Nur – wie hätte ich es aus der Gosse bis hierher geschafft?

»Tun Sie, wie es Ihnen beliebt.«

»Ich möchte Ihrer Frau keine Umstände machen.«

»Ich glaube, es würde sie mehr beunruhigen, wenn Sie gingen, als wenn Sie blieben. Vielleicht würde sie sich schuldig fühlen. Ich bin sogar überzeugt, daß sie das tun würde.«

Ich tat so, als hätte ich auf dem Mond gespeist. »Aber warum?«

»Setzen Sie sich. Bleiben Sie bis zum Frühstück, Nathan.«

»Eigentlich nicht. Lieber nicht.«

»Sie wissen, wer Jimmy Durante ist?«

»Selbstverständlich.«

»Kennen Sie die alte Durante-Nummer: ›Haben Sie jemals das Gefühl gehabt, eigentlich wollten Sie gehen, und dabei trotzdem das Gefühl gehabt, eigentlich wollten Sie bleiben?‹«

»Ja.«

»Also setzen Sie sich.«

Ich setzte mich – tat, wie mir beliebte, wie Lonoff gesagt hatte.

»Außerdem«, bedeutete er mir, »wenn Sie jetzt gehen, lassen Sie das meiste von Ihrem Cognac stehen.«

»Das würden auch Sie tun, wenn ich ginge.«

»Nun, der Jude, der davonkam, ist nicht ganz und gar entkommen.« Er lächelte mich an. »Sie brauchen ihn nicht auszutrinken, bloß weil Sie bleiben. Sie sind dazu nicht verpflichtet.«

»Nein, nein. Das möchte ich unbedingt«, sagte ich und nahm den größten Schluck des Abends. Grüßend sein Glas erhebend, tat er es mir nach.

»Hope wird sich freuen«, sagte er. »Ihr fehlen Menschen. Ihr fehlen die Kinder und ihre Freunde. Ehe ich sie hierher zurückbrachte, hat sie die Kunstschule in Boston besucht – und von hier sind es sechzehn Werst bis zum nächsten Bahnhof. Manhattan hat sie entsetzt, aber Boston ist ihr Moskau, sie würde lieber heute als morgen dorthin ziehen. Sie glaubt, ich würde mich in Cambridge wohl fühlen. Aber wenn ich allein an all diese Dinner-Parties denke! Da rede ich lieber mit einem Pferd.«

»Sie haben ein Pferd?«

»Nein.«

Ich liebte ihn! Jawohl, was mich erfüllte, war nichts Geringeres als Liebe zu diesem illusionslosen Mann: Liebe zu seiner Skrupelhaftigkeit, zu seiner Offenheit, die bis zur Grobheit ging, seiner übergroßen Genauigkeit, seiner Strenge und seiner Entfremdung; Liebe dazu, wie schonungslos er das kleinkindhafte, eingebildete, unersättliche Selbst bloßlegte; Liebe zu seiner künstlerischen Störrigkeit und seinem Argwohn fast allem anderen gegenüber; und Liebe zu dem verborgenen Charme, auf den er mich gerade eben einen flüchtigen Blick hatte werfen lassen. Jawohl, Lonoff brauchte nichts weiter zu sagen, als daß er nicht einmal das Pferd hatte, mit dem er reden konnte – damit war es irgendwie geschehen, das setzte in mir die mädchenhafte Liebe eines Sohnes zu dem Mann von strahlender Tugend und hoher Leistung frei, der das Leben versteht, und der den Sohn versteht und anerkennt.

Ich sollte an dieser Stelle erwähnen, daß ich vor rund drei Jahren, nach etlichen Stunden in der Gegenwart von Felix Abravanel, nicht weniger hingerissen gewesen war. Und wenn ich ihm damals nicht augenblicklich zu Füßen gefallen war, so deshalb, weil selbst ein Student höheren Semesters, der ein solcher Schriftsteller-Verehrer war wie ich, sehen konnte, daß eine derart grenzenlose Verehrung – zumindest wenn sie von einem jugendlichen männlichen Verehrer kam – bestimmt nicht erwidert worden wäre. Das innere Feuer dieser in der sonnigen Stille seines kalifornischen Cañons geschriebenen und vor entfesselter und bissiger Unschuld brodelnden Bücher schien wenig gemein zu haben mit dem Autor selbst, wenn dieser kühl hinaustrat in die gefallene Welt, um die es ihm unten im Cañon so brennend zu tun gewesen war. Ja, in der Tat: dieser Schriftsteller, der alle lebensstrotzenden und zwielichtigen Figuren unwiderstehlich fand, nicht ausgeschlossen die Schwindler beiderlei Geschlechts, die auf den großen Herzen seiner lebensbejahenden, zugrundegerichteten Helden herumtrampelten; dieser Schriftsteller, der noch in dem ausgefallensten amerikanischen Sucher nach dem eigenen Selbst den Finger auf den hypnotischen Kern legen konnte und ihn dazu brachte, in angeregtester Rede sein Allereigenstes preiszugeben und das Innerste seiner nachsichtigen Seele zu offenbaren; dieser Schriftsteller, dessen Besessenheit von der »grandiosen menschlichen Zerrissenheit« jeden seiner Absätze zu einem kleinen abgeschlossenen Roman machte und jede Seite mit den letzten Neuigkeiten über Verrücktheiten, Versuchungen, Leidenschaften und Träume vollpackte wie Dickens oder

Dostojewski, mit der Menschheit vollpackte, die loderte vor Gefühl – nun, *in naturam* machte er den Eindruck, als gehe er nur eben zum Essen aus.

Womit ich nicht sagen will, daß Felix Abravanel keinen Charme besäße. Im Gegenteil, sein Charme war wie ein Burggraben von so ozeanischem Ausmaß, daß man nicht einmal das große türme- und mauernbewehrte Ding sehen konnte, zu dessen Schutz er ausgehoben worden war. Man fand nicht einmal die Zugbrücke. Er war wie Kalifornien selbst – um hinzukommen, mußte man schon das Flugzeug nehmen. Es gab während seines Vortrags Augenblicke – das war in Chicago, während meines letzten Jahres dort – da Abravanel am Vortragspult innehalten mußte, gleichsam als müsse er an sich halten, um etwas beiläufig aus dem Ärmel Geschütteltes *nicht* zu sagen, weil es zu bezaubernd gewesen wäre, als daß seine Zuhörerschaft es hätte ertragen können. Und recht hatte er. Wir hätten womöglich das Podium gestürmt, um ihn bei lebendigem Leibe aufzufressen, wenn er auch nur ein ganz kleines bißchen schalkhafter, verzauberter und weiser gewesen wäre. Armer wunderbarer Abravanel (ich meine das durchaus nicht ironisch!) – selbst das, was ihm dazu dienen sollte, die große Fensterrosette seines inneren Leuchtens zu beschützen, war selbst so verdammt schön, daß die unbegabten Massen und Kunstliebhaber der Welt nicht umhin konnten, ihn dieserhalb einfach noch hinreißender zu finden. Andererseits war ihm das vielleicht sogar recht. Es gibt offenbar keinen einfachen Weg zur Größe, das fing an, mir nachgerade aufzugehen.

Nach dem Vortrag sollte ich zu einem Empfang im Professorenklub gehen. Der Professor, dessen Schützling ich war, hatte mich dazu eingeladen. Als es uns schließlich gelang, die Schar der ihn umringenden Bewunderer zu durchbrechen, wurde ich ihm als der Student vorgestellt, dessen Story am nächsten Morgen in dem Seminar diskutiert werden sollte, an dem teilzunehmen Abravanel sich bereiterklärt hatte. Da sein Gesicht auf allen Photos etwas Gebieterisches und Herrisches hatte, war ich nicht darauf gefaßt, daß er nun den Eindruck machte, als sei er stets auf seiner Hut, oder daß sein Kopf anderthalb Größen zu klein war für das gut einsachtzig hohe Gestell auf dem er saß. Inmitten all der Schmeichler und Bewunderer um ihn herum erinnerte er mich an einen Funkturm mit dem winzigen roten Licht hoch oben, das niedrig fliegenden Flugzeugen zur Warnung dienen sollte. Er trug einen Fünfhundertdollar-Anzug aus Schantung-Seide, eine burgunderrote Seidenkrawatte und schwarz schimmernde, schmale, mit kleinen Troddeln besetzte Mokassins, doch alles, was zählte, alles, was seinen Charme und sein Lachen ausmachte und für seine Bücher und seine Zusammenbrüche stand, war geballt dort ganz oben verstaut – am Rande eines Abgrunds. Es war ein Kopf, den japanische Techniker mit ihrer Begabung, alles winzig klein zu machen, hätten ersinnen können, um ihn dann den Juden zu übergeben, damit sie ihn mit dem sich lichtenden dunklen Haar eines Teppichhändlers, den vorsichtig-wachen schwarzen Augen und dem gebogenen Schnabel eines tropischen Vogels schmückten. Ein rundum semitisiertes kleines Transistorgerät oben, unten todschick in Schale – und trotzdem hatte man alles in allem den Eindruck, das Double von jemand vor sich zu haben.

Ich dachte: In seinen Romanen scheint ihm nie etwas durchzugehen – wie kommt es dann, daß er, wo er hier ist, doch nicht da ist? Vielleicht stürmt so unendlich viel auf ihn ein, daß neunzig Prozent von ihm sich vor gewissen Phänomenen verschließen müssen, damit er nicht explodiert. Gleichviel, dachte ich, vielleicht ist er doch nur zum Essen ausgegangen.

Verbindlich schüttelte Abravanel mir die Hand und war schon im Begriff, sich abzuwenden und ebenso verbindlich jemand anderem die Hand zu schütteln, als der Professor meinen Namen wiederholte. »Aber natürlich«, sagte Abravanel, »N. Zuckerman.« Er habe im Flugzeug von der Westküste nach Chicago eine abgezogene Kopie meiner Story gelesen; und Andrea auch. »Liebling«, sagte er, »das hier ist Zuckerman.«

Ach, wo beginnen? Andrea hatte mir vielleicht nur fünf Jahre voraus, doch fünf Jahre, die sie gut genutzt hatte. Nach Absolvierung des Sarah Lawrence-College, hatte sie ihre Ausbildung bei Elizabeth Arden und

Henri Bendel fortgesetzt. Wie wir alle wissen – denn ihr Ruhm war ihr vorausgeeilt – hatte Andreas Vater in der ersten Regierung Roosevelt einen hohen, mit einem symbolischen Dollar pro Jahr dotierten Posten bekleidet, und ihre Mutter war Carla Peterson Rumbough, die geschwätzige liberale Kongreßabgeordnete aus Oregon. Noch als Studentin hatte Andrea das erste ihrer Portraits, »Männer an der Macht« für die *Saturday Evening Post* geschrieben, eine Serie, die zusammengefaßt schließlich zu ihrem meistverkauften Buch geworden war. Ohne Zweifel hatten die Beziehungen ihrer Familie (worauf ihre Neider nicht säumten hinzuweisen) ihr sehr geholfen; was jedoch diese vielbeschäftigten und mächtigen Männer ermuntert hatte, immer weiter zu reden, das war die Nähe von Andrea persönlich, denn Andrea war ein außerordentlich saftiges Mädchen. Wahrhaftig, man hatte das Gefühl, wenn man sie drückte, konnte man zum Frühstück ein Glas erfrischender, gesunder Andrea trinken.

Im Augenblick lebte sie bei Abravanel in seinem Haus in Pacific Palisades, nur wenige Meilen vom Haus seines Freundes und Mentors Thomas Mann entfernt. (»Die grandiose menschliche Zerrissenheit« – so hatte Thomas Mann Abravanels Thema in dem erhebenden Vorwort genannt, das er für die deutsche Ausgabe von *Properly Scalded* geschrieben hatte.) Nach Abravanels letzter Scheidung (und, wie gemunkelt wurde, einem emotionalen Zusammenbruch), hatte Andrea ihn aufgesucht, um ihn für ihre Serie in der *Saturday Evening Post* zu interviewen und war – wie der transkontinentale literarische Klatsch es wollte – gleich dageblieben. Dem Klatsch zufolge war Abravanel nicht nur der erste *homme de lettres,* der in Amerika als Mann an der Macht bezeichnet wurde, sondern auch der erste Mann an der Macht, dessen Avancen Andrea nachgegeben hatte. Ich selbst überlegte, ob nicht Andrea die erste Journalistin war, deren Avancen Abravanel nachgegeben hatte. Es sah eher so aus, als sei er derjenige, der verführt werden mußte.

»Wie schön, Sie endlich kennenzulernen«, sagte Andrea und schüttelte mir munter die Hand. Die Munterkeit ihres Händedrucks stand in entwaffnendem Widerspruch zu ihrer weichen und üppigen Erscheinung. Ihr Gesicht war herzförmig und sanft geschnitten, doch ihr Händedruck gab einem zu verstehen: »Laß alle Bedenken fahren, ich bin die Frau, die alles hat.« Nicht, daß ich das hätte bestreiten wollen. Davon war ich bereits einen Monat, ehe ich sie in Fleisch und Blut kennenlernte, überzeugt gewesen, als wir Briefe über die Hotel-Unterbringung gewechselt hatten. Als Studentenvertreter beim Vortrags-Komitee der Universität hatte ich auf ihre Anweisungen hin ein Zimmer auf ihrer beider Namen im *Windermere* reservieren lassen, dem Hotel, das in der Gegend einem Grand-Hotel noch am nächsten kam. »Für Mr. Abravanel und Miss Rumbough?« hatte der Mann am Empfang gefragt.

»Sind sie Mann und Frau, Sir?« Diese Frage wurde mir – ich bitte Sie! – im März 1953 gestellt, und als ich daher mit jener Lüge antwortete, die ich mir zurechtgelegt hatte, um einen Helden vor einem Skandal zu bewahren – »Mrs. Abravanel ist eine sehr bekannte Journalistin; und das ist selbstverständlich der Name, unter dem sie schreibt« – war ich überzeugt, daß das Endergebnis von Miss A. Rumboughs bohèmienhaftem Wagemut darin bestehen werde, daß ich ohne Abschluß von der Universität fliegen würde.

»Ihre Story hat mir sehr gefallen«, sagte sie. »Sie ist so ulkig.«

Verbissen dankte ich für das Kompliment, das meinem Witz von dieser vollbusigen jungen Frau mit dem herzförmigen Gesicht und dem Teint wie Milch und Blut und dem militärisch-selbstsicheren Händedruck gezollt wurde. Nachdem er mich an Andrea weitergereicht hatte, damit sie über mich verfüge, fand Abravanel sich von einem anderen unserer Professoren einer schüchtern und dichtgedrängt neben diesem stehenden Schar Studenten jüngerer Semester präsentiert, die dem Schriftsteller ernsthafte Fragen stellen wollten. »Ach«, hörte ich ihn mit einem leichten, wegwerfenden Lachen sagen, »mir bleibt neuerdings keine Zeit, um über ›Einflüsse‹ nachzudenken – dazu hält Andrea mich zu sehr in Atem.« – »Felix«, vertraute diese mir gerade an, »gefällt die Story auch ganz wahnsinnig. Sie hätten ihn im Flugzeug erleben müssen. Er hat immer wieder den

Kopf zurückgeworfen und sich ausschütten wollen vor Lachen. Wann werden Sie sie veröffentlichen? Vielleicht sollte Felix mit —— reden.« Sie nannte einen Namen. Es war Knebel, doch für jemand, dessen Stories bislang nur in der literarischen Vierteljahreszeitschrift eines College abgedruckt worden waren, hätte die Wirkung nicht umwerfender sein können, wenn sie gesagt hätte: »Nach dem Empfang muß ich zurück ins Hotel und in der Bar Marschall Tito interviewen – aber in der Zwischenzeit kann Felix von der Halle bis in den Olymp rauffahren und mit dem Verfasser der *Brüder Karamasow* über Ihre ulkige kleine Story reden. Wir haben uns alle in Sibirien kennengelernt, als Felix und ich die Straflager abklapperten.« Irgendwo hinter mir hörte ich Abravanel sich einer weiteren ernsthaften Frage aus den Reihen der jüngeren Studenten stellen. »Entfremdung? Ach«, sagte er mit dem gleichen leichten, wegwerfenden Lachen, »soll er doch entfremdet sein.« Gleichzeitig teilte Andrea mir mit: »Er sieht Sy morgen abend in New York...« (Mit Sy war Knebel gemeint, seit zwanzig Jahren Herausgeber jener Vierteljahreszeitschrift für Intellektuelle, die ich die letzten beiden Jahre verschlungen hatte.)

Am folgenden Tag besuchte Abravanel unser Seminar ›Schreiben für Fortgeschrittene‹ – und zwar zur Verwunderung jener, die nur für die Kunst leben wollten – in Begleitung der unerschrockenen Andrea. Ihre schimmernde, schamlose Anwesenheit in der ersten

Reihe (und ihr weißes Jersey-Kleid; und ihr strohblondes Haar, wie aus einem ländlichen Paradies) brachte mir Oktobernachmittage, die ein halbes Leben zurücklagen, in Erinnerung, als ich wie ein aufgewühlter überschäumender Gefängnisinsasse dagesessen und meine Schreibkünste an einem schrägen Schulpult geübt hatte, während überall an jeder Tankstelle in Amerika aus kleinen Radios die Baseball-Meisterschaftsspiele live übertragen wurden. Das waren die Stunden, da ich erfahren hatte, was das Herz der Missetäter im Gefängnis zerriß und die Herzen der Dummköpfe, die Lehrer und Schule verabscheuten und wünschten, daß alles in Flammen aufginge.

Die Hände in die Taschen versenkt und lässig gegen den Schreibtisch des Professors gelehnt, redete Abravanel mit unaufrichtiger Bewunderung über meine Story und verteidigte sie, vornehmlich mit seinem Lachen, gegen die Kritik der eingefleischten E. M. Forster-Anhänger: mein Erzähler sei ›zweidimensional‹ statt ›rund‹ wie die Gestalten, über die sie in *Ansichten des Romans* gelesen hatten. Doch an diesem Tag konnte mir die ganze Krittelei nichts anhaben. *Andrea* dachte ich jedesmal, wenn einer von diesen Tröpfen ›rund‹ sagte.

Hinterher wurde ich von Abravanel auf eine Tasse Kaffee in eine Imbißstube eingeladen, und zwar zusammen mit Andrea, meinem Professor und einem Soziologie-Dozenten, einem Jugendfreund von Abravanel, der vor dem Hörsaal gewartet hatte, um Abravanel wehmütig in die Arme zu schließen (etwas, was Abravanel huldvoll über sich ergehen ließ, wiewohl er dabei zurückwich). Abravanel hatte mich (wie ich meinen Eltern später schrieb) persönlich dazu eingeladen, und zwar mit Worten, die zum erstenmal nach echter Sympathie klangen. »Die Jungs sind nun mal nicht zimperlich, Zuckerman. Sie kommen besser mit und lassen sich eine Bluttransfusion verpassen.« Ich bildete mir ein, beim Kaffee werde er mir sagen, daß er meine Story nach New York mitnehmen und dort Seymour Knebel zeigen werde. Aus hundert Gründen schwebte ich im siebten Himmel. Als er mir sagte, ich solle zwecks Bluttransfusion mitkommen, konnte ich mich nicht erinnern, mir *selbst* jemals wie ein solcher runder Charakter vorgekommen zu sein. Was Thomas Mann für ihn getan hatte, stand er im Begriff für mich zu tun. Literaturgeschichte im Werden. Welch ein Glück, daß Andrea da war, um sich das alles für die Nachwelt zu notieren.

Aber beim Kaffee sagte Abravanel kein Wort; lehnte sein langes, ausgemergeltes Gestell auf dem Stuhl zurück und sah in seiner weichen grauen Flanellhose, seinem leichten malvenfarbenen Pullover und dem Sportsakko aus Kaschmir – er hatte sich eigens für die Studenten so gekleidet – glatt und wie eine Katze zum Streicheln bereit aus. Hände und Füße elegant übereinandergeschlagen, überließ er seiner übersprudelnden jungen Gefährtin die Konversation – lebendige, komische Geschichten über Felix' alten Vater zumeist, einen Anstreicher in Los Angeles, und die herrlichen Kalauer, die er in seinem unbeholfenen Kauderwelsch aus zwei Sprachen machte. Selbst der Soziologie-Professor war ganz von den Socken, obwohl er, wie ich durch den Klatsch auf dem Campus erfahren hatte, ein enger Freund von Abravanels prozessiersüchtiger erster Frau war und mißbilligte, wie der Schriftsteller sie behandelt hatte, zuerst im Fleisch und dann in Romanen. Außerdem – so hieß es – wäre er durchaus nicht damit einverstanden, wie Abravanel ganz allgemein mit Frauen umging, vor allem dürfe ein Schriftsteller von seinem Rang nicht zulassen, daß Artikel über ihn in der *Saturday Evening Post* erschienen. Gleichwohl hob der Soziologie-Professor jetzt die Stimme, um von Andrea gehört zu werden. Als Junge sei auch er begeistert gewesen von Felix' Vaters Wortverwechslungen, und er wollte, daß man das auch zur Kenntnis nahm. »Der Kerl«, rief der Soziologe und machte Vater Abravanel nach, »der ist nich mehr da – armer Hund, hat Selbstmord fungiert.« Falls Abravanel meinte, der pensionierte Anstreicher im Ruhestand sei so bemerkenswert, weil er sein Leben lang verballhorntes Englisch gesprochen hatte, ließ er sich das jedenfalls nicht anmerken. Er saß so gesittet und selbstsicher und höflich da, um zuzuhören, wie Andrea ihre Geschichten zum besten gab, daß ich es für mein Teil nachgerade bezweifelte.

Im Leben floß Abravanel nicht über vor Wehmut für die gute alte Zeit in Los Angeles; derlei Ergüsse überließ er den Lesern seiner Romane, welche die emotional im Übermaß geladene Welt seiner Kindheit lieben gelernt hatten, als wäre es ihre eigene. Er selbst schien es vorzuziehen, wie aus großer Höhe auf uns herabzusehen – wie ein Lama oder ein Kamel.

»Viel Glück«, war alles, was er sagte, als sie aufstanden, um den Zug nach New York zu bekommen – und Andrea sagte noch nicht einmal das. Diesmal, weil wir nun einander kannten, schüttelte sie mir die Hand mit fünf sanften Fingern, doch die Berührung der Märchenprinzessin schien mir genausoviel zu bedeuten wie der Garnisons-Handschlag, der mir beim Professoren-Empfang zuteil geworden war. Das mit Knebel hat sie vergessen, dachte ich. Oder vielleicht hat sie es Abravanel gesagt und gemeint, er werde das übernehmen, und nun hat er es vergessen. Oder vielleicht hat sie es ihm auch gesagt, und er hat es mit einem »Vergiß es!« abgetan. Als ich ihr nachblickte, wie sie die Imbißstube an Abravanels Arm verließ – sah, wie ihr Haar seine Schulter streifte, als sie sich draußen auf der Straße auf die Zehenspitzen stellte, um ihm etwas ins Ohr zu flüstern – begriff ich, daß sie an anderes zu denken gehabt hatten als an meine Story, als sie am Abend zuvor ins *Windermere* zurückgekehrt waren.

Das alles war der Grund, warum ich – von Quahsay aus – meine vier veröffentlichten Stories an Lonoff geschickt hatte. Felix Abravanel war ganz offensichtlich als geistiger Vater für einen dreiundzwanzigjährigen Sohn nicht auf dem Markt.

Kurz vor neun, nach einem Blick auf seine Uhr, trank Lonoff den letzten Tropfen seines Cognacs, der dreißig Minuten hindurch auf dem Boden seines Glases geruht hatte. Er sagte, wenn er selbst sich jetzt auch zurückziehen müsse, könne ich doch gern im Wohnzimmer sitzen bleiben und Musik hören oder, falls mir das lieber sei, auch in sein Arbeitszimmer hinübergehen, wo ich schlafen sollte. Ich würde sehen, daß die Chaiselongue dort unter der Korddecke bereits frisch bezogen und für mich zurechtgemacht sei. Wolldecken und ein Extrakissen lägen im Schrank auf dem untersten Brett, und im Badezimmer im Erdgeschoß fände ich frische Handtücher – bitte, ich solle nicht zögern, die gestreiften zu nehmen, das seien die am wenigsten abgenutzten und für die Dusche am besten geeignet – und des weiteren würde ich hinten auf dem zweiten Brett im Schrank eine Zahnbürste in der noch nicht geöffneten originalen Plastikverpackung sowie eine kleine neue Tube Ipana finden. Irgendwelche Fragen?

»Nein.«

Ob es noch etwas gäbe, was ich brauchte?

»Nein, vielen Dank. Es ist alles wunderbar so.«

Beim Aufstehen krümmte er sich – Hexenschuß, erklärte er, weil er an diesem Tag einen Satz zuviel umgekrempelt hatte – und sagte, seine Abendlektüre habe er noch vor sich. Er werde einem Schriftsteller nicht gerecht, wenn er ihn nicht an aufeinanderfolgenden Tagen und nicht unter drei Stunden pro Sitzung lese. Sonst verliere er trotz seiner Notizen und trotz des Unterstreichens die Verbindung mit dem inneren Leben eines Buches und hätte genausogut gar nicht erst anzufangen brauchen, es zu lesen. Bisweilen, wenn es sich nicht vermeiden lasse, einen Tag ausfallen zu lassen, fange er lieber noch einmal ganz von vorn an, statt sich von dem Gefühl quälen zu lassen, einem seriösen Autor nicht gerecht zu werden.

All dies erklärte er mir mit derselben peinlichgenauen Umständlichkeit, mit der er mir gesagt hatte, wo Zahnpasta und Handtücher zu finden seien: ein ungezwungener, sich der Umgangssprache bedienender, betont *nicht* hochtrabend redender Lonoff schien sich als offizieller Führer für die unliterarische Welt abzulösen mit einem gezierten Ladenschwengel.

»Meine Frau betrachtet das als bedenkliches Leiden«, fügte er hinzu. »Ich verstehe mich nicht zu entspannen. Bald wird sie mir sagen, ich soll ausgehen und mich amüsieren.«

»Noch nicht so bald«, sagte ich.

»Es ist ja durchaus in Ordnung«, sagte er, »wenn jemand anders mich für einen Narren hält. Ich selber kann mir diesen Luxus aber nicht leisten. Wie sollte ich sonst ein wahrhaft tiefsinniges Buch lesen? Zum ›Vergnügen‹? Oder bloß so – um besser einschlafen zu können?«

Abgespannt – reifer fürs Bett, hätte ich nach seinem müden, gereizten Ton meinen sollen, als für hundertachtzig Minuten Konzentration auf das innere Leben eines tiefsinnigen Buches von einem seriösen Autor – fragte er: »Wie soll ich sonst mein Leben führen?«

»Wie würden Sie es denn gern führen?«

Nun, ich hatte es getan, hatte alle meine hölzerne Gehemmtheit und unerhörte Überernsthaftigkeit abgestreift – und alle sporadischen Versuche fahren lassen, auf Lonoff'sche Art geistreich zu sein – und ihm eine direkte, einfache Frage gestellt, deren Antwort ich sehr gern hören wollte.

»Wie ich es gern führen würde?«

Gebannt sah ich, wie er dastand und das, was ich gefragt hatte, völlig ernst nahm. »Ja. Wie würden Sie heute leben, wenn es nach Ihnen ginge?«

Sich das Kreuz reibend, erwiderte er: »Ich würde in einer Villa außerhalb von Florenz leben.«

»So? Und mit wem?«

»Mit einer Frau selbstverständlich«, antwortete er ohne zu zögern, als wäre ich gleichfalls ein erfahrener Mann.

So machte ich weiter, als ob ich einer wäre, und fragte: »Wie alt müßte sie denn sein, diese Frau?«

Er lächelte auf mich herab. »Wir haben beide zuviel getrunken.«

Ich zeigte ihm, daß in meinem Schwenker noch genug Cognac war, um ihn herumzuwirbeln.

»Für so große Trinker wie wir«, fügte er hinzu und machte sich diesmal nicht erst die Mühe, umständlich mit zwei Fingern die Bügelfalte zu fassen und die Hose hochzuziehen, als er irgendwie wenig elegant wieder auf seinem Sessel Platz nahm.

»Bitte«, sagte ich, »ich wollte Sie nicht von Ihrer Lektüre abhalten. Ich komme durchaus allein zurecht.«

»Manchmal«, sagte er, »liebe ich es, mir vorzustellen, ich hätte mein letztes Buch gelesen. Und zum letztenmal auf meine Uhr geblickt, um zu sehen, wie spät es ist. Wie alt müßte sie denn Ihrer Meinung nach sein?« fragte er. »Die Frau in Florenz. Als Schriftsteller – was würden Sie meinen?«

»Ich glaube, das müssen Sie mich heute in dreißig Jahren fragen. Ich weiß es nicht.«

»Ich sage fünfunddreißig. Was meinen Sie?«

»Durchaus richtig, wenn Sie es sagen.«

»Sie müßte fünfunddreißig sein und würde mir das Leben verschönen. Behaglich, schön und neu würde sie es für mich machen. Nachmittags würde sie mich nach San Gimignano fahren, in die Uffizien, nach Siena. In Siena würden wir die Kathedrale besuchen und auf der Piazza Kaffee trinken. Am Frühstückstisch würde sie lange, weibliche Nachthemden unter ihrem hübschen Morgenrock tragen – Dinge, die ich in einem Laden beim Ponte Vecchio für sie gekauft hätte. Ich würde in einem Zimmer mit Marmorfußboden und bis zum Boden reichenden Fenstern arbeiten. In einer Vase würden Blumen stehen, von ihr geschnitten und hineingestellt. Und so weiter, Nathan, in dieser Tonart.«

Die meisten Männer möchten wieder Kind sein, König, Steuermann oder Multimillionär. Alles, was Lonoff sich zu wünschen schien, war eine fünfunddreißig Jahre alte Frau und ein Jahr im Ausland. Ich dachte an Abravanel, diesen Mann, der viele köstliche Früchte pflückte, und die israelische Schauspielerin – »wie Lava« – die Abravanels dritte Frau gewesen war. Und an Andrea Rumbough, diesen schön gerundeten Typ. In wessen See mochte Andrea gerade jetzt auf- und abtauchen? »Wenn das alles ist...«, sagte ich.

»Weiter. Wir führen ein trunkenes Gespräch.«

»Wenn das alles ist, sollte es nicht zu schwer sein, das einzurichten«, hörte ich mich ihm sagen.

»So, meinen Sie? Welche junge Frau aus Ihrem Bekanntenkreis hält Ausschau nach einem sechsundfünfzigjährigen kahlköpfigen Mann, um ihn nach Italien zu begleiten?«

»Sie entsprechen doch nicht dem Klischee des kahlköpfigen Mannes von sechsundfünfzig Jahren. Italien mit Ihnen wäre schließlich nicht Italien mit irgendwem.«

»Was wollen Sie damit sagen? Soll ich mir mit meinen sieben Büchern eine Nutte angeln?«

Das unvermittelte Eintauchen in den Gassenjargon

bewirkte, daß *ich* mir für einen Augenblick vorkam wie der Ladenschwengel mit Sträußchen im Knopfloch. »Das habe ich nicht gemeint. Wenn sowas selbstverständlich auch vorkommt – sowas passiert...«

»Ja, in New York müssen Sie sowas alle Tage erleben.«

»Niemand mit sieben Büchern würde sich in New York mit einer Nutte zufriedengeben. Sowas bekommt man schon für einen Songtext.« Ich sagte das, als wüßte ich, wovon ich sprach. »Ich wollte nichts weiter sagen, als daß Sie schließlich nicht einen ganzen Harem verlangen.«

»Wie die dicke Dame über das gepunktete Kleid sagte: ›Ganz nett, aber kein Lonoff.‹«

»Warum nicht?«

»Warum nicht?« wiederholte er ein wenig geringschätzig.

»Ich habe gemeint – warum könnte es das nicht sein?«

»Warum sollte es das sein?«

»Weil – Sie es sich wünschen.«

Seine Antwort: »Das ist nicht Grund genug.«

Ich hatte nicht den Mut noch einmal zu fragen: »Warum nicht?« Wenn auch betrunken, waren wir doch nur betrunkene Juden. Bis hierher und nicht weiter, dessen war ich sicher. Und ich hatte recht.

»Nein«, sagte er, »man schmeißt nicht einfach nach fünfunddreißig Jahren eine Frau raus, weil man lieber mal ein neues Gesicht am Frühstückstisch sähe.«

Beim Gedanken an seine Dichtung fragte ich mich unwillkürlich, ob er sie jemals in sein Werk hereingelassen hatte, oder auch die Kinder, die, wie er mir erzählt, ihm Ablenkung verschafft und, solange sie zuhause gewesen waren, einen gewissen Frohsinn in seine Welt gebracht hatten. Mir wollte kein einziger Held in seinen sieben Bänden Stories einfallen, der nicht Junggeselle, Witwer, Waise, Findelkind oder ein zögernder Verlobter gewesen wäre.

»Aber es geht doch um mehr als darum«, sagte ich. »Mehr als um das neue Gesicht... oder?«

»Was, ums Bett? Das Bett habe ich gehabt. Ich kenne meine Einzigartigkeit«, sagte Lonoff, »und was ich ihr verdanke.« Damit beendete er unvermittelt unsere betrunkene Unterhaltung. »Ich muß noch mein Pensum lesen. Lassen Sie mich noch zeigen, wie der Plattenspieler funktioniert. Wir haben eine sehr schöne Sammlung klassischer Platten. Sie wissen, daß man die Platte vorher abwischen muß? Dort liegt ein Tuch...«

Schwerfällig raffte er sich hoch; langsam und schwerfällig, wie ein Elephant. Aller Starrsinn schien von ihm abgefallen; ob das an unserem Gedankenaustausch oder an seinen Kreuzschmerzen lag – oder daran, daß seine Einzigartigkeit ihn erschöpft hatte – wußte ich nicht. Vielleicht endete jeder Tag so.

»Mr. Lonoff – Manny«, sagte ich, »dürfte ich Sie noch etwas fragen, ehe Sie gehen, solange wir alleine sind – zu meinen Stories? Ich weiß nicht, ob ich ganz verstanden habe, was Sie mit ›ungestüm‹ gemeint haben. Beim Abendbrot. Ich will mich nicht an ein Wort klammern, aber jedes Wort von Ihnen – nun, ich möchte gern sicher gehen, daß ich es verstehe. Das heißt, ich bin natürlich schon froh, daß Sie sie gelesen haben, und kann es immer noch nicht fassen, daß ich eingeladen worden bin und jetzt auch noch über Nacht bleiben darf – all das wäre schon genug. Es genügt auch. Und Ihr Trinkspruch« – ich spürte, daß meine Rührung mich überwältigte, genauso, wie es mir zu meinem Erstaunen ergangen war, als mir im Beisein meiner Eltern mein College-Diplom verliehen worden war – »ich hoffe, ich kann mich dessen würdig erweisen. Ich nehme diese Worte keineswegs leicht. Aber was die Stories selbst betrifft, da wüßte ich gern, was Sie falsch daran finden, was Sie meinen, daß ich machen könnte – um besser zu werden?«

Wie gütig sein Lächeln war! Selbst während er sich das Kreuz massierte. »Falsch?«

»Ja.«

»Hören Sie, heute morgen habe ich zu Hope gesagt: Zuckerman hat die zwingendste Stimme, der ich seit Jahren begegnet bin, ganz bestimmt für jemand, der am Anfang steht.«

»Wirklich?«

»Ich meine nicht den Stil« – erhobener Finger, um den Unterschied deutlich zu machen. »Ich meine die Stimme: etwas, was irgendwo bei den Kniekehlen anfängt und weit über den Kopf hinausreicht. Machen Sie sich nicht allzu viele Gedanken darüber, ob Sie etwas ›falsch‹ machen. Machen Sie einfach weiter. Sie werden es schaffen.«

Donnerwetter! Ich versuchte es mir bildlich vorzustellen, doch es gelang mir nicht. Das war mehr, als ich – hier – verkraften konnte.

Heute morgen habe ich zu Hope gesagt.

Inzwischen knöpfte er sich das Jackett zu, zog die Krawatte glatt – sah noch einmal auf die Uhr, mit jenem Blick, der für seine Frau jeden Sonntag kaputtmachte – und widmete sich dann dem letzten Punkt auf seiner Tagesordnung. Wie der Plattenspieler funktioniert. Ich hatte seinen Gedankengang unterbrochen.

»Ich möchte Ihnen zeigen, was passiert, wenn der Tonarm am Ende der Platte nicht ganz zurückgeht.«

»Gern«, sagte ich.

»Er spielt in letzter Zeit verrückt, und kein Mensch kann das reparieren. An manchen Tagen kommt er ganz von allein wieder in Ordnung, und dann, aus heiterem Himmel, funktioniert er wieder nicht.«

Ich folgte ihm hinüber zum Plattenteller und dachte dabei weniger an seine Klassikersammlung als an meine Stimme, die irgendwo bei den Kniekehlen begann.

»Das hier ist selbstverständlich für die Lautstärke. Und hier stellt man an. Und das hier ist zum Unterbrechen, man hebt ...«

Das, ging mir auf, ist die quälende Gewissenhaftigkeit, dieselbe wahnsinnig machende, peinlich genaue Beachtung auch noch der kleinsten Details, dasjenige, was einen groß macht, einen weitermachen läßt, was dir zum Durchbruch verholfen hat und dich jetzt runterzieht. Als ich neben E. I. Lonoff stand und mich über den ungehorsamen Tonarm des Plattenspielers beugte, begriff ich das viel gepriesene Phänomen zum erstenmal: der Mensch, sein Schicksal und sein Werk – alles ein und dasselbe. Was für ein schrecklicher Triumph!

»Und«, rief er mir noch einmal ins Gedächtnis, »für die Platten und für Ihr eigenes Vergnügen wäre es das beste, wenn Sie nicht vergäßen, sie vorher abzuwischen.«

Ach, diese Umstandskrämerei, diese Überempfindlichkeit! Der Warenhausaufseher in Person! Den Segen seiner Dichtung aus diesem Damit-geschlagen-sein heraus zu erkämpfen – das Wort ›Triumph‹ umschrieb es längst nicht.

Plötzlich wollte ich ihn küssen. Ich weiß, so etwas geschieht Männern häufiger, als zugegeben wird, aber für mich war mein Mannestum etwas Neues (*de facto* war es noch keine fünf Minuten alt), und ich war bestürzt von der Macht eines Gefühls, das ich, seit ich angefangen hatte, mich zu rasieren, kaum meinem eigenen Vater gegenüber gehabt hatte. Es erschien mir, im Augenblick, sogar noch mächtiger als das, das mich unweigerlich befiel, wenn ich mit diesen schwanenhälsigen, ätherischen Freundinnen von Betsy allein war, die ihre Füße beim Gehen so bezaubernd nach außen setzten und (genau wie Betsy!) so bleich und schwerelos und leicht emporzuheben aussahen, daß einem das Wasser im Mund zusammenlief. Doch in diesem Haus der Nachsicht gelang es mir besser, meinen Liebesdrang zu unterdrücken als in letzter Zeit, von der Kette gelassen, in Manhattan.

2 Nathan Dädalus

Wer hätte danach schlafen können? Ich knipste nicht einmal die Lampe aus, um es zu versuchen. Eine Ewigkeit starrte ich einfach E. I. Lonoffs aufgeräumten Schreibtisch an: säuberlich aufgeschichtetes Schreibpapier, jeder Stapel in einer anderen Pastellfarbe – für verschiedene Durchschläge, wie ich annahm. Schließlich stand ich auf und setzte mich – obwohl das nun wirklich ein Sakrileg war – in meiner Unterhose auf seinen Schreibmaschinenstuhl. Kein Wunder, daß ihm das Kreuz weh tat! Es war kein Sessel, in dem man hätte entspannen können, jedenfalls nicht, wenn man so groß war wie er. Behutsam fuhr ich über die Tasten seiner Reiseschreibmaschine. Warum eine Reiseschreibmaschine für einen Mann, der nirgends hinreiste? Warum keine Maschine in der Größenordnung einer Kanonenkugel, schwarz und groß und gebaut, für alle Zeiten auf ihr zu schreiben? Warum nicht der gepolsterte Sessel eines leitenden Angestellten, sich darin zurückzulehnen und nachzudenken? Ja, warum eigentlich nicht?

An der Pinwand neben seinem Schreibtisch – der einzigen wirklichen Verschönerung dieser Zelle – waren ein kleiner Wandkalender von einer hiesigen Bank sowie zwei beschriebene Karteikarten festgesteckt. Auf einer Karte war es ein »Schumann, über

Chopins Scherzo No. 2 in B-Moll, Op. 31« zugeschriebener fragmentarischer Satz: »... strömt dermaßen über von Zärtlichkeit, Mut, Liebe und Verachtung, daß man es nicht zu unrecht einem Gedicht von Byron vergleichen kann.« Ich konnte mir keinen Vers darauf machen, was dieser Satz da sollte, oder vielmehr, was er bedeutete, oder vielmehr, was er für Lonoff bedeutete, bis mir einfiel, daß Amy Bellette ja bezaubernd Chopin spielen sollte. Vielleicht hatte sie ihm den Satz abgetippt, samt Zuschreibung und allem – ihn möglicherweise sogar der Platte beigelegt, als sie ihm diese geschenkt, damit er sie sich am späten Nachmittag anhören konnte, auch wenn sie nicht mehr da war. Vielleicht war dies sogar der Satz, über den sie nachgedacht, als ich sie das erstemal auf dem Boden des Arbeitszimmers hockend erblickt hatte: darüber nachgedacht, weil die Beschreibung auf sie genauso zuzutreffen schien wie auf die Musik...

Wenn sie eine Heimatvertriebene war, was war dann mit ihren Eltern geschehen? Ermordet? Erklärte das ihre »Verachtung«? Aber für wen dann die ›überströmende Liebe‹? Für ihn? Wenn das zutraf, konnte die Verachtung sehr gut Hope gelten. Wenn dem so war, ja wenn.

Es bedurfte keines besonderen Einfallsreichtums, um sich auszumalen, worin der besondere Reiz des Zitates auf der anderen Karte bestand. Nach dem, was Lonoff mir den ganzen Abend über erzählt hatte, konnte ich verstehen, warum er diese drei Sätze gern über seinem Haupte hängen hatte, während er darunter saß und seine Sätze umkrempelte. »Wir arbeiten im Dunkel – tun, was wir können – wir geben, was wir haben. Unser Zweifel ist unsere Leidenschaft und unsere Leidenschaft ist unsere Aufgabe. Der Rest ist der Wahnsinn der Kunst.« Gefühle, die einer mir nicht bekannten Erzählung von Henry James mit dem Titel *Die mittleren Jahre* galten. Aber »der Wahnsinn der Kunst«? Ich hätte gedacht, der Wahnsinn von allem anderen, bloß nicht der Kunst. Die Kunst war schließlich das einzig Vernünftige, etwa nicht? Oder entging mir da etwas? Ehe die Nacht vorüber war, sollte ich die *Die mittleren Jahre* zweinmal durchlesen, also ob es gälte, mich am nächsten Morgen darüber examieren zu lassen. Doch das war damals heiliges Gesetz für mich: bereit zu sein, tausend Worte über das Thema »Was versteht Henry James unter dem ›Wahnsinn der Kunst‹?« zu schreiben, falls diese Frage beim Frühstück auf meiner Papierserviette auftauchen sollte.

Auf dem Bücherregal hinter dem Schreibmaschinenstuhl waren Fotos von Lonoffs Kindern aufgestellt: ein Junge und zwei Mädchen, in deren Zügen auch nicht die Spur der väterlichen Gene auszumachen war. Ja, eines der Mädchen, ein blondes, sommersprossiges Ding mit Hornbrille, sah aus, wie ihre scheue, fleißige Mutter vermutlich in ihrer Kunstschul-Zeit ausgesehen hatte. Neben ihrem Foto in diesem Zwillingsrahmen steckte eine Postkarte, die an einem Augusttag vor neun Jahren aus Schottland nach Massachusetts geschickt und an den Schriftsteller allein adressiert worden war. Möglicherweise war das der Grund, warum ihr die Ehre zuteil geworden, zur Erinnerung unter Glas aufgehoben zu werden. Vieles in seinem Leben wies darauf hin, daß es ihm nicht leichter gefallen war, die Beziehung zu seinen Kindern aufzubauen, als sich in den dreißiger Jahren in Manhattan zurechtzufinden. »Lieber Pop, wir sind jetzt in Banffshire (schott. Hochland), und ich stehe inmitten der Ruinen von Balvenie Castle, Dufftown, in dem einst Mary Stuart gewohnt hat. Gestern sind wir nach Cawdor geradelt (Than von Cawdor, ca. 1050, Shakespeare's *Macbeth*), wo Duncan ermordet wurde. Bis auf bald, herzlichst, Becky.«

Gleichfalls direkt hinter seinem Schreibtisch standen auf mehreren Borten die Übersetzungen seiner Werke. Ich hockte mich auf den Boden und versuchte, Sätze aus dem Französischen und Deutschen zu übersetzen, die ich zuvor in Lonoffs Englisch gelesen hatte. Bei den Ausgaben in den weniger bekannten Sprachen konnte ich höchstens versuchen, die Namen seiner Figuren auf den Hunderten von unentzifferbaren Seiten zu entdekken. Pechter. Marcus. Littman, Winkler. Da standen sie, rings umgeben von finnisch.

Und welches war *ihre* Sprache? Portugiesisch? Italienisch? Ungarisch? In welcher strömte sie über wie ein Gedicht von Byron?

Auf einem großen linierten Block, den ich aus meiner Aktenmappe hervorzog, einer prall gefüllten Bildungsroman-Aktentasche – zehn Pfund Bücher, fünf obskure Zeitschriften und Papier so reichlich, daß ich ohne weiteres meinen ersten Roman darauf hätte schreiben können, falls es auf der Hin- und Rückfahrt mit dem Bus über mich gekommen wäre – begann ich systematisch alles aufzuschreiben, was auf seinen Bücherregalen stand und was ich noch nicht gelesen hatte. Da fand sich mehr deutsche Philosophie, als ich erwartet hätte, und als ich noch nicht einmal auf der Hälfte der Seite angekommen war, schien es bereits, als hätte ich mich zu einer lebenslangen Zuchthausstrafe verurteilt. Doch beflissen schrieb ich weiter – zur Begleitung der Worte, mit denen er mich gelobt hatte, ehe er zu seiner Lektüre nach oben gegangen war. Diese Worte, sowie der Trinkspruch waren mir eine ganze Stunde lang immer wieder durch den Kopf gegangen. Auf einem eigenen Blatt notierte ich schließlich, was er gesagt hatte, gleichsam um Schwarz auf Weiß vor mir zu sehen, was er gemeint hatte. Was *alles* er gemeint hatte.

Wie sich herausstellte, wollte ich, daß auch noch jemand anders es sähe, denn bald hatte ich die auf mich zukommende, gewiß nicht einfache Auseinandersetzung mit Heidegger und Wittgenstein vergessen, saß mit meinem Block an Lonoffs Schreibtisch und rang damit, meinem Vater – meinem Fußpfleger-Vater, dem ersten meiner Väter – auseinanderzusetzen, was es mit meiner »Stimme« für eine Bewandnis habe, die laut keinem geringeren Stimmkundigen als E. I. Lonoff um meine Kniekehlen herum begann und weit über meinen Kopf hinausging. Dieser Brief war längst überfällig. Drei Wochen hatte er jetzt auf ein einleuchtendes Zeichen der Zerknirschung für die Vergehen gewartet, die ich gegen den größten meiner Gönner begangen hatte. Seit drei Wochen hatte ich ihn jetzt schmoren lassen, falls damit die Unfähigkeit beschrieben ist, an etwas anderes zu denken, wenn man um vier Uhr morgens aus einem schlechten Traum erwacht.

Unsere Schwierigkeiten hatten begonnen, als ich meinem Vater das Manuskript einer Story gab, die auf einem alten Familienstreit beruhte, in dem er nahezu zwei Jahre hindurch den Friedensstifter gespielt hatte, ehe die Gegner vor Gericht gegangen waren und sich gegenseitig angeschrien hatten. Bei dieser Story handelte es sich um die ehrgeizigste, die ich bislang geschrieben hatte – fünfzig Seiten lang – und so, wie ich die Dinge sah, waren die Motive, die mich bewogen hatten, sie ihm zu schicken, nicht weniger lauter als diejenigen, die mich während meiner College-Zeit veranlaßt hatten, Gedichte von mir nach Hause zu schikken, damit die Familie sie läse, noch ehe sie in den Poesie-Magazinen der Studenten abgedruckt wurden. Nicht Streit und Scherereien waren es, wonach ich suchte, sondern Bewunderung und Lob. Aus den ältesten und eingefleischtesten Gewohnheiten heraus wollte ich ihnen gefallen, wollte ich, daß sie stolz auf mich wären.

Das war auch nicht sonderlich schwer. Jahrelang hatte ich ihn schon dadurch stolz gemacht, daß ich ihm Zeitungsausschnitte für seine »Unterlagen« schickte, eine dicke umfangreiche Ansammlung von Zeitungs- und Zeitschriftenartikeln über das, was er »lebenwichtige Probleme« nannte – darunter eine vollständige Serie der Mitschriften von »Amerikas Stadtverordnetenversammlung im Funk«. Jedesmal, wenn ich zu Besuch daheim war, erinnerte mich meine Mutter, die sich gern wiederholte, mit dem Ausdruck tiefer Befriedigung unweigerlich daran, was für eine Freude es ihm machte, wenn er (nachdem er sie auf Umwegen auf jenes lebenswichtigte Problem gebracht hatte, mit dem er sich gerade beschäftigte) zu seinen Patienten sagen konnte: »Gerade heute morgen habe ich mit der Post etwas zu diesem Thema erhalten. Mein Sohn Nathan hat es entdeckt. Er studiert an der Universität von Chicago. Nichts als ›Einsen‹ in allem. Er ist schon mit sechzehn aufgenommen worden – im Sonderprogramm. Nun, er hat es in einer der Chicagoer Zeitungen gelesen und es mir für meine Unterlagen geschickt.«

Ach, was für Schätze meine Eltern doch waren! Ihr Sohn müßte schon ein ausgesprochener Dummkopf oder ein Sadist sein, sie *nicht* mit Stolz zu erfüllen. Ich war weder das eine noch das andere; ich war pflichtbewußt und rücksichtsvoll und viel zu erregt über meinen eigenen Höhenflug, um undankbar für die tatkräftige Unterstützung zu sein, mit der man mich auf die richtige Bahn gebracht hatte. Trotz aller flammender Auseinandersetzungen während meiner Jünglingszeit – über spätes Nachhausekommen am Wochenende, Schuhmoden, die unhygienische Schüler-Kneipe, meine von mir unablässig bestrittene Angewohnheit, immer das letzte Wort haben zu müssen – waren wir aus unseren fünfzig klassischen Szenen häuslicher Zwistigkeiten immer als unverändert heile, durch dieselben starken Bande zusammengehaltene und zusammenhaltende Familie hervorgegangen. Wie oft hatte ich nicht die Tür hinter mir zugeknallt und ihnen ein paarmal regelrecht den Krieg erklärt – und trotzdem hing ich mit kindlicher Liebe an ihnen. Und ob ich mir nun über das genaue Ausmaß dieser Sucht im klaren war oder nicht, ich war sehr auf ihre Liebe angewiesen und ging mit größter Selbstverständlichkeit davon aus, daß sie unerschöpflich sei. Daß ich mir das gar nicht anders vorstellen konnte – oder vorstellen wollte? – erklärt hinlänglich, warum ich so naiv war, nichts anderes als die übliche Ermunterung für eine Story zu erwarten, in der ich weitgehend auf Ereignisse aus unserer Familiengeschichte zurückgriff, von denen mein Vater meinte, es handele sich dabei um die schändlichste und schimpflichste Mißachtung von Anstand und Vertrauen innerhalb der Familie, die man sich vorstellen könnte.

Bei den Tatsachen, von denen ich in meiner Story ausging, handelte es sich um folgendes:

Eine Großtante von mir, Meema Chaya, hatte für die Erziehung und Ausbildung zweier vaterloser Enkel den Topf voll Geld hinterlassen, den sie als Näherin für die New Yorker Oberschicht emsig gefüllt hatte. Als Essie, die verwitwete Mutter der beiden Zwillinge, versuchte, das Geld dazu zu benutzen, sie zum Medizinstudium auf die Universität zu schicken, hatte ihr jüngerer Bruder, Sidney, dem das nach Abschluß der höheren Erziehung der beiden Jungen noch verbleibende Geld zufallen sollte, seine Schwester verklagt, um sie daran zu hindern. Vier Jahre hindurch hatte Sidney – wenn man die Familie erzählen hörte, vornehmlich in Billardräumen und Kneipen – darauf gewartet, daß Richard und Robert endlich den Abschluß am Rutgers College machten, um sich dann mit seinem Erbe in der Innenstadt einen Parkplatz kaufen zu können (von dem er zu leben gedachte). Lauthals – so war er nun mal – verkündete Sidney, er habe keine Lust, das gute Leben noch weiter hinauszuschieben, bloß damit zwei weitere eingebildete Ärzte im Cadillac auf der South Orange herumkutschieren könnten. Diejenigen Mitglieder der Familie, die Sidneys Schürzenjägerei und seine halbseidenen Freundinnen verachteten, traten allsogleich an, die Jungen und ihr würdiges

Streben zu unterstützen, woraufhin Sidney nur mehr über eine Phalanx verfügte, die aus seiner mißhandelten und verschüchterten Ehefrau Jenny und seiner geheimnisvollen polnischen Freundin Annie bestand, über deren skandalös großgeblumte *shmatas* man sich das Maul zerriß, die man jedoch bei Familientreffen wie Hochzeiten, Beerdigungen und so weiter nie zu sehen bekommen hatte. Außer diesen beiden Frauen gehörte zu dieser Phalanx noch ich, was immer ihm das auch nützen mochte. Meine Bewunderung für Sidney rührte noch aus meiner Kindheit her, aus Sidneys Zeit bei der Navy, als er auf der Heimfahrt des Schlachtschiffes *Kansas* viertausend Dollar gewonnen und einen schlechten Verlierer aus Mississippi den Haien im Süd Pazifik zum Fraß vorgeworfen haben sollte, bloß weil dieser nach einer durchpokerten Nacht den großen Gewinner einen dreckigen Juden geschimpft hatte. Der Prozeß gegen seine Schwester, dessen Ausgang davon abhing, wie weit Meema Chaya in ihrem Testament mit den schönklingenden Worten ›höhere Erziehung‹ wohl hatte gehen wollen, war von dem Richter – einem *Goy* – zuletzt zu Sidneys Gunsten entschieden worden; der Parkplatz am Raymond Boulevard jedoch, den er sich mit seinem Erbe kaufte, sollte innerhalb weniger Jahre zu einer derart gewinnträchtigen Immobilie werden, daß sie ihm von der Ehrenwerten Gesellschaft unterm Hintern weggezogen und in Gemeinbesitz übergeführt worden war. Sidney hatte für alle Scherereien, die das mit sich brachte, nur ein Zehntel des tatsächlichen Wertes bekommen, und kurz darauf war sein Herz wie ein Ballon im Bett eines weiteren aufgedonnerten Straßenmädchens geplatzt, das nicht unserem Glauben angehörte. Meine Cousins Richard und Robert wurden inzwischen von ihrer mit eisernem Willen begabten Mutter durchs Medizin-Studium gebracht. Nachdem sie den Prozeß verloren, hatte Essie ihre Stellung in einem Warenhaus in der Innenstadt aufgegeben und die nächsten zehn Jahre hindurch als Vertreterin Schindeln und Häuserverkleidung aus Bitumen verkauft. Ihr Wille war so eisern, daß es, als sie schließlich Teppiche und Jalousien für die frisch von Richard und Robert in den Villenvororten von North Jersey angemieteten Praxisräume kaufte, kaum noch ein Arbeiterviertel im ganzen Staat gab, dessen Häuser nicht mit ihrem Material verkleidet waren. Auf einer ihrer Werbe- und Verkaufstouren, während die Zwillinge noch als Assistenzärzte an einer Klinik arbeiteten, hatte Essie an einem heißen Nachmittag beschlossen, eine Stunde in einem kühlen klimatisierten Kino zu verbringen. Wie es hieß, sollte dies in den vielen Tausend Stunden, die sie mit Besuchen möglicher Kunden und beim Abschließen von Geschäften verbracht hatte, das erstemal gewesen sein, daß sie ihre Tätigkeit mit etwas anderem unterbrach als Essen und die Jungen Anrufen. Eine Praxis für Orthopädie und eine andere für Dermatologie waren inzwischen gleichsam in

Reichweite, und der Gedanke, daß es nun bald soweit sei, verbunden mit der Augusthitze, machte die einfach ein bißchen leichtsinnig. Im dunklen Kino hatte Essie jedoch kaum Zeit, sich den Schweiß von der Stirn zu wischen, als ein Mann auf dem Sitz nebenan ihr die Hand aufs Knie legte. Es muß schon ein verzweifelter einsamer Mann gewesen sein – denn es handelte sich um ein recht massives Knie; trotzdem brach sie ihm dafür die Hand, am Handgelenk, und zwar mit einem Hammer, den sie all die Jahre in ihrer Handtasche mit sich herumgeschleppt hatte, um sich selbst und die Zukunft der beiden vaterlosen Söhne zu beschützen. Meine Story mit dem Titel *Höhere Erziehung* endete damit, wie Essie zielte.

»Nun, du hast aber auch nichts ausgelassen, nicht wahr?«

Mit diesen Worten begann die Kritik meines Vaters an dem Sonntag, als ich nach Hause gekommen war, um für den Winter in Quahsay Abschied zu nehmen. Zuvor hatte ich zusammen mit einer Lieblingstante und einem Lieblingsonkel sowie einem kinderlosen Ehepaar aus der Nachbarschaft – gleichfalls von der Wiege auf ›Onkel‹ und ›Tante‹ genannt – an unserem traditionellen späten sonntäglichen Morgenmahl teilgenommen, das Frühstück und Mittagessen in einem war. An zweiundfünfzig Sonntagen im Jahr war mein Vater, solange ich mich erinnern konnte, in den Laden an die Ecke gegangen, um Räucherfisch und frische Brötchen zu holen, hatten mein Bruder und ich den Tisch gedeckt und die Orangen ausgedrückt, so daß meine Mutter drei Stunden lang in ihrem eigenen Haus nichts zu tun hatte. »Wie eine Königin«, nannte sie immer diesen für sie wenig angenehmen Zustand. Dann, nachdem meine Eltern die Newarker Sonntagsblätter gelesen und sich im Radio die Sendung ›Das ewige Licht‹ angehört hatten, – große Augenblicke aus der jüdischen Geschichte, jede Woche in halbstündiger dramatisierter Form ausgestrahlt – wurden wir beiden Jungen herbeigerufen und wir vier setzten uns ins Auto, um Verwandtenbesuche zu machen. Mein Vater – der seit langem mit einem eigensinnigen und voreingenommenen älteren Bruder um den vakanten Platz eines Familienoberhaupts stritt – hielt bei dieser Gelegenheit für gewöhnlich jemandem, der es seiner Meinung nach nötig hatte, eine Predigt, in der er mit Ermahnungen und guten Ratschlägen nicht sparte, und dann fuhren wir wieder heim. Und unweigerlich vorm Dunkelwerden, ehe wir uns um den Küchentisch herum versammelten, um die Sonntagabendriten zu befolgen – einem geheiligten, aus lauter Delikatessen bestehenden Abendessen, das mit geweihtem Sodawasser heruntergespült wurde; und um gemeinsam der himmlischen Heimsuchung in Gestalt von Jack Benny, Rochester und Phil Harris zu harren – unternahmen ›meine Männer‹, wie Mutter uns nannte, einen munteren Spaziergang in den nahegelegenen Park. »Hallo, Doc, wie geht's?« Mit diesen Worten begrüßten die Nachbarn, die wir unterwegs trafen, meinen beliebten und redseligen Vater, und wenn ihm das auch niemals unangenehm zu sein schien, glaubte sein klassenbewußter kleiner Sohn, daß, wenn es nur keine Zulassungsquoten gegeben hätte und er ein *richtiger* Arzt geworden wäre, sie ihn mit ›Doktor Zuckermann‹ angeredet hätten. ›Doc‹ nannten sie auch den Drogisten, der Milk-Shakes machte und Hustendrops verkaufte.

»Nun, Nathan«, begann mein Vater, »du hast aber auch nichts ausgelassen, nicht wahr?«

Ich war es inzwischen ein wenig leid geworden, meine Pflicht zu tun, und brannte darauf, nach New York zurückzufahren und meine Sachen für Quahsay zu packen. Mein Frühstücksbesuch hatte sich mittlerweile in die Länge gezogen, bereits den ganzen Tag über angedauert und sich zu meiner Verwunderung dadurch ausgezeichnet, daß zahlreiche Verwandte und alte Freunde der Familie sich bei uns die Tür in die Hand gegeben hatten, dem Anschein nach nur, um mich zu sehen. Beim Kartenspiel kiebitzend, über alte Zeiten redend, jiddisch gefärbte Witze austauschend und zuviel Obst essend, hatte ich herumgesessen, bis die Gesellschaft allmählich aufbrach, und war dann auf Bitten meines Vaters noch geblieben, damit er mir sagen könne, was er von meiner Story hielt. Unheil verkündend hatte er gesagt, er wolle eine Stunde mit mir allein sein.

Um vier Uhr nachmittags brachen wir beide also in Mantel und Schal zum Park auf. Immer genau zur halben Stunde hielt ein Bus aus New York vorm Eingang in der Elizabeth Avenue, und ich hatte vor, einen solchen zu nehmen, nachdem er gesagt hatte, was er zu sagen hatte.

»Ich habe doch eine Menge ausgelassen«, tat ich harmlos, als wüßte ich nicht, worauf er hinauswollte – genauso harmlos wie in dem Augenblick, da ich ihm die Story geschickt hatte; dabei war mir, als er im Hause gesagt hatte, er wolle mir seine ›Gedanken‹ mitteilen (statt mir lobend und abschiednehmend zugleich die Hand aufs Haupt zu legen), augenblicklich aufgegangen, wie gedankenlos ich gewesen war. Warum hatte ich nicht abgewartet, bis ich wußte, ob sie überhaupt veröffentlicht werden würde, und ihm die Story dann bereits in gedruckter Form gezeigt? Oder hätte das womöglich alles nur noch schlimmer gemacht? »Manches mußte ich ja draußen lassen – es sind ja nur fünfzig Seiten.«

»Ich meine«, sagte er traurig, »daß du nichts Schändliches ausgelassen hast.«

»Wirklich? Hab' ich das nicht? Darüber habe ich noch gar nicht nachgedacht.«

»Du stellst alle als habgierig hin, Nathan.«

»Aber das waren sie doch auch.«

»Das ist selbstverständlich *eine* Ansicht von der Sache.«

»Aber so hast du selbst sie doch auch immer gesehen. Warum hättest du dich sonst so darüber aufgeregt, daß sie keinen Kompromiß schließen wollten?«

»Es geht doch darum, daß an unserer Familie wesentlich mehr daran ist als nur das. Und das weißt du ganz genau. Ich hoffe, daß der heutige Tag dich daran erinnert hat, was für Menschen wir sind. Falls du das in New York vergessen haben solltest.«

»Dad, es hat Spaß gemacht, alle mal wiederzusehen. Aber du hättest mir keinen Nachhilfeunterricht in Sachen Familiencharme zu geben brauchen.«

Doch er ließ sich nicht von seinem Vorhaben abbringen. »Sie konnten sich alle gar nicht genug tun über dich. Da war nicht einer unter denen, die uns heute besucht haben, dessen Augen nicht aufgeleuchtet hätten, als er dich sah. Und du hättest auch nicht liebenswürdiger und gutmütiger sein können. Ich habe dich im Umgang mit den Verwandten und allen unseren guten alten Freunden beobachtet, und da habe ich mich gefragt: Ja, worum geht es denn eigentlich nun in dieser Story? Warum zieht er wegen so alter Geschichten dermaßen über uns her?«

»Als sie passierten, waren es keine alten Geschichten.«

»Nein, da war es läppisch und absurd.«

»Damals scheinst du das aber nicht so gesehen zu haben. Du bist über ein Jahr zwischen Essie und Sydney hin und hergelaufen.«

»Trotzdem ist nicht daran zu rütteln, daß an der Familie wesentlich mehr dran ist, viel mehr als aus dieser Story hervorgeht, mein Sohn. Deine Großtante war eine warmherzige, liebevolle und schwer arbeitende Frau, wie man sie in dieser Welt suchen muß. Dasselbe gilt für deine Großmutter und durch die Bank alle ihre Schwestern. Es waren Frauen, die sich nur für andere aufgeopfert haben.«

»Aber um die geht es doch in der Story überhaupt nicht.«

»Aber sie gehören zur Story *dazu*. Für meine Begriffe sind sie die *ganze* Story. Ohne sie würde es diese Story gar nicht geben. Wer zum Teufel war Sidney? Verschwendet irgend jemand, der seine fünf Sinne beisammen hat, auch nur noch einen einzigen Gedanken auf ihn? Für dich als Junge war er wohl ein lustiger Kerl, nehme ich an, jemand, über den man sich totlachen konnte, einer, der kam und ging. Das kann ich mir lebhaft vorstellen: ein langes Laster mit ausgestellten Matrosenhosen, der seine Erkennungsmarke am Armband klirren ließ und groß daherredete, als wäre er Admiral Nimitz persönlich und nicht irgendein Niemand, der das Deck schrubbte. Und was anderes ist er natürlich nie gewesen. Ich weiß noch, wie er uns besuchen kam, sich auf den Boden hockte und dir und deinem kleinen Bruder das Würfeln beibrachte. Aus Jux. Ich hätte den Lümmel am liebsten dreikantig rausgeworfen!«

»Daran kann ich mich nicht mal mehr erinnern.«

»Ich aber sehr wohl. Ich erinnere mich an so manches. Da ist nichts, was ich vergessen habe. Meema Chaya hat Sidney nie etwas anderes als Kummer gemacht. Kleine Kinder begreifen natürlich nicht, daß unter dem großen Prahlhans, der sich mit ihnen auf dem Fußboden wälzt und sie zum Lachen bringt, jemand steckt, der andere zum Weinen bringt. Und deine Großtante hat viele Tränen über ihn vergossen, von der Zeit an, wo er groß genug war, auf die Straße zu gehen und nach Gelegenheiten zu suchen, ihr Herzeleid zu bereiten. Und trotzdem, *trotz alledem* hat diese Frau ihm einen fetten Happen von ihrem hartverdienten Geld hinterlassen und gebetet, daß das irgendwie helfen möchte. Sie hat sich über all das Elend und die Schande, die er ihr bereitet hatte, hinweggesetzt – wie nicht anders zu erwarten bei einer so prächtigen Frau. *Chaya* heißt ›Leben‹, und das ist es, was sie aller Welt gegeben hat. Das aber hast du ausgelassen.«

»Ich habe es nicht ausgelassen. Gleich auf der ersten Seite habe ich das angedeutet. Aber du hast recht – ich habe mich nicht weiter über Meema Chayas Leben ausgelassen.«

»Nun, das wäre mal eine Story!«

»Aber es ist nun mal nicht diese Story!«

»Und bist du dir eigentlich darüber im klaren, was eine Story wie diese, wenn sie veröffentlicht wird, für Leute bedeutet, die uns nicht kennen?«

Wir waren inzwischen unsere lange, ein wenig abschüssige Straße hinuntergegangen und hatten die Elizabeth Avenue erreicht. Kein Rasen, an dem wir vorbeikamen, keine Auffahrt, keine Garage, kein Laternenpfahl und kein Mauersockel, die nicht irgendwelche Bedeutung für mich gehabt hätten. Hier hatte ich beim Rollschuhlaufen Seitenkurven fahren gelernt, dort war mein Schlitten kaputtgegangen, hier hatte ich die Hände über meinen ersten Ständer gelegt, dort meine Mutter mir eine Ohrfeige gegeben, weil ich einen Freund gehänselt hatte, und dort hatte ich erfahren, daß mein Großvater gestorben sei. Was ich nicht alles erlebt hatte in dieser Straße mit den Einfamilien-Ziegelhäusern, die alle mehr oder weniger aussahen wie unseres und von Juden bewohnt wurden, die mehr oder weniger waren wie wir, für die sechs Zimmer mit ›ausgebautem‹ Keller und fliegendrahtbewehrter Veranda an einer Straße mit schattenspendenden Bäumen nie eine Selbstverständlichkeit waren, wenn man bedenkt, auf welcher Seite der Stadt sie einmal angefangen hatten.

Auf der anderen Seite der breiten Durchgangsstraße lag der Eingang zum Park. Dort hatte sich mein Vater – jeden Sonntag auf dieselbe Bank – niedergesetzt, um mir und meinem Bruder beim Fangenspielen zuzusehen, wobei wir uns nach stundenlangem guten Benehmen in Gegenwart von Großeltern, Großtanten und Großonkeln, einfachen Tanten und Onkeln die Lungen aus dem Hals geschrien hatten; manchmal hatte ich gemeint, es müsse in Newark mehr Zuckermans geben als Neger. In einem ganzen Jahr sah ich von denen nicht so viele, wie ich an einem einzigen gewöhnlichen Sonntag beim Umherfahren mit meinem Vater an Verwandten zu sehen bekam. »Ach«, pflegte er zu sagen, »mit welcher Wonne ihr Jungs doch schreit!«, wobei er, je eine Hand auf den Köpfen seiner Söhne, diesen das feuchte Haar glattstrich, wenn wir uns aufmachten, den Park zu verlassen und zurückzukehren auf den vertrauten Hügel, auf dem wir wohnten. »Irgend ein Spiel mit viel Geschrei«, sagte er dann zu unserer Mutter, »und diese beiden sind restlos glücklich«. Jetzt ertrug mein jüngerer Bruder die Langeweile im ersten Semester eines Studiums der Zahnmedizin, nachdem er (der höheren Einsicht meines Vaters nachgebend) den halbherzigen Traum, Schauspieler zu werden, hatte fahren lassen, und ich...? Ich war offensichtlich wieder dabei zu schreien.

Ich sagte: »Ich glaube, ich nehme hier besser den Bus. Vielleicht lassen wir den Park heute aus. Der Tag ist sehr lang gewesen, und ich muß nach Haus und noch packen, um morgen nach Quahsay zu fahren.«

»Du hast meine Frage nicht beantwortet.«

»Das hätte doch keinen Sinn, Dad. Das beste ist, du steckst die Story in einen Umschlag und schickst sie mir zurück – und versuchst, sie zu vergessen.«

Dieser Vorschlag entlockte meinem Vater ein leicht sardonisches Lachen.

»Na schön«, erklärte ich daraufhin scharf, »dann vergiß sie eben nicht.«

»Beruhige dich«, erwiderte er. »Ich bring' dich zum Bus und warte dort mit dir.«

»Du solltest wirklich nach Haus gehen. Es wird kalt.«

»Ich friere kein bißchen«, informierte er mich.

Schweigend warteten wir bei der Bushaltestelle.

»Sonntags lassen sie sich Zeit«, sagte er schließlich.

»Vielleicht solltest du mit nach Hause kommen und noch zu Abend mit uns essen. Du kannst doch den ersten morgen früh nehmen.«

»Ich muß morgen in aller Herrgottsfrühe nach Quahsay, Vater.«

»Können die nicht warten?«

»*Ich* kann es nicht«, sagte ich.

Ich machte einen Schritt auf den Fahrdamm hinaus, um nach dem Bus Ausschau zu halten.

»Du wirst noch überfahren werden.«

»Vielleicht.«

»Also«, sagte er, als ich schließlich zu einem Zeitpunkt, den *ich* wählte, an den Rinnstein zurücktrat, »was hast du jetzt mit der Story vor? Sie an eine Zeitschrift zu schicken?«

»Für eine Zeitschrift ist sie zu lang. Wahrscheinlich wird keine sie veröffentlichen.«

»Oh, das werden sie doch tun. Die *Saturday Review* hat dich auf den Schild gehoben. Das war ein sehr schöner Artikel, eine große Ehre, in deinem Alter schon für sowas ausgewählt zu werden.«

»Nun, wir werden sehen.«

»Nein, nein, du wirst deinen Weg jetzt machen. Von der *Saturday Review* sind in North Jersey noch nie soviele Exemplare verkauft worden wie an dem Tag, an dem dein Bild darin war. Warum, meinst du, sind heute soviele Leute vorbeigekommen, Frieda und Dave, Tante Tessie, Birdie, Murray und die Edelmans? Weil sie dein Bild gesehen haben, und weil sie stolz auf dich sind.«

»Das haben sie mir alle gesagt.«

»Hör zu, Nathan, laß mich sagen, was ich zu sagen habe. Dann kannst du fahren, und oben in der Künstlerkolonie denkst du vielleicht in Ruhe über das nach, was ich versuchen will, dir klarzumachen. Wenn aus dir nichts werden würde, würde ich das nicht so ernst nehmen. Aber ich nehme dich ernst – und du mußt dich und das, was du tust, selber auch ernst nehmen. Hör jetzt auf, nach dem verdammten Bus Ausschau zu halten, und hör mir zu, *bitte*! Du kannst doch immer noch den *nächsten* nehmen. Nathan, du bist jetzt kein Student mehr! Du bist der Erstgeborene und draußen in der Welt, und deshalb behandele ich dich entsprechend.«

»Das verstehe ich. Aber das bedeutet doch nicht, daß

wir nicht unterschiedlicher Meinung sein können. Und um was anderes geht es doch nicht.«

»Aber aus lebenslanger Erfahrung weiß ich nun mal, was einfache Leute denken, wenn sie so etwas wie diese Story lesen. Du aber nicht. Kannst du auch gar nicht. Dafür hast du ein viel zu behütetes Leben gelebt. Du bist hier in diesem Viertel großgeworden, wo du mit anderen jüdischen Kindern zur Schule gegangen bist. Wenn wir ans Meer fuhren und zusammen mit den Edelmans das Ferienhaus mieteten, warst du immer nur mit Juden zusammen, selbst im Sommer. Die besten Freunde aus deiner Chicagoer Zeit, die du mit nach Hause gebracht hast, waren immer Juden. Es ist nicht deine Schuld, daß du nicht weißt, was Nichtjuden denken, wenn sie sowas wie das lesen. Aber ich kann es dir sagen. Sie denken nicht daran, um was für ein bedeutendes Kunstwerk es sich handelt. Von Kunst verstehen sie nicht *soviel*! Vielleicht verstehe ich selbst auch nicht viel von Kunst. Vielleicht tut das überhaupt keiner aus unserer Familie, jedenfalls nicht so wie du. Aber genau darauf will ich ja hinaus. Die Leute lesen kein literarisches Kunstwerk – sie lesen über *Menschen*. Und beurteilen sie als solche. Und wie, meinst du, urteilen sie wohl über die Leute in deiner Story – welche Schlußfolgerungen, meinst du, ziehen sie? Hast du darüber mal nachgedacht?«

»Ja.«

»Und zu welchem Schluß bist du dabei gekommen?«

»Ach, das läßt sich nicht so einfach erklären, jedenfalls nicht hier auf der Straße. Ich habe keine fünfzig Seiten geschrieben, um es dann mit einem Wort zu erklären.«

»Nun, ich kann das. Und die Straße ist dafür gar nicht mal so ungeeignet. Weil ich dieses Wort kenne. Ich frage mich, ob du eigentlich begreifst, wie wenig Liebe es in dieser Welt für Juden gibt. Ich meine nicht, in Deutschland, unter den Nazis. Ich meine, unter den in der Wolle gefärbten Amerikanern, Mr. und Mrs. Brown und Smith, die wir sonst für völlig harmlos halten. Nathan, es ist da. Ich garantiere dir, daß es da ist. Ich *weiß,* daß es da ist. Ich habe es erlebt, habe es gespürt, auch wenn sie es nicht ausdrücklich gesagt haben.«

»Aber das *leugne* ich doch gar nicht. Warum hat denn Sidney diesen Südstaatenlümmel von seinem Schiff über Bord geworfen...?«

»Sidney«, erklärte er aufgebracht«, hat nie einen Südstaatenlümmel über Bord geworfen! Sidney hat nur mit großen Worten um sich geworfen, Nathan! Sidney war ein erbärmlicher Gauner, dem niemand und nichts auf in dieser Welt über das Wohlergehen von Sidney ging!«

»Und den es wirklich gegeben hat, Dad – und der nicht besser war, als ich ihn geschildert habe.«

»Besser? Schlimmer ist er gewesen! Wie verderbt er war, davon hast du ja keine Ahnung, Nathan. Ich könnte dir Geschichten über diesen gemeinen Kerl erzählen, da würden dir die Haare zu Berge stehen.«

»Ja, aber was hast du denn nur? Wenn er noch *schlimmer* gewesen ist... Ach, hör zu, das führt doch zu nichts. Bitte, es wird dunkel, es wird gleich anfangen zu schneien – *geh nach Haus!* Ich schreibe, wenn ich oben angekommen bin. Aber zu diesem Thema ist nichts mehr zu sagen. Wir sind eben unterschiedlicher Meinung, Punktum!«

»Na schön«, sagte er munter, »na schön!« Doch nur, wie ich wußte, um mich für einen Augenblick zu beschwichtigen.

»Dad, geh nach Haus, bitte!«

»Es schadet mir nichts, wenn ich mit dir warte. Ich möchte nicht, daß du allein hier draußen wartest.«

»Ich komme doch ohne weiteres allein zurecht. Das tue ich doch jetzt schon seit Jahren.«

Etwa fünf Minuten später sahen wir, noch etliche Häuserblocks entfernt, etwas, was aussah wie die Scheinwerfer des New Yorker Busses.

»Nun«, sagte ich, »in ein paar Monaten bin ich wieder zurück. Wir bleiben in Verbindung – ich rufe an...«

»Nathan, in deiner Story geht es – zumindest aus der Sicht von Nichtjuden – einzig und allein um eines. Hör mich an, ehe du wegfährst. Es geht um Juden. Um Juden und ihre Liebe zum Geld. Was anderes werden alle unsere guten christlichen Freunde nicht darin sehen, das garantiere ich dir. Es geht darin nicht um die Wissenschaftler und Lehrer und Rechtsanwälte, die aus ihnen werden, und das Gute, das diese Leute anderen antun. Es geht darin auch nicht um Einwanderer wie Chaya, die sich abgerackert und gespart und Entbehrungen erduldet hat, um sich eine anständige Existenz in Amerika aufzubauen. Es geht darin auch nicht um die wunderbaren friedlichen Tage und Nächte, die du in unserem Hause erlebt hast, als du klein warst. Nein, es geht darin um Essie und ihren Hammer, und Sidney und seine Flittchen und diesen Winkeladvokaten von Essie mit seinem Schandmaul und, soweit ich sehe, darüber, was für ein Trottel ich war, sie zu bitten, sich auf einen anständigen Kompromiß zu einigen, ehe die ganze vor Familie vor einen *gojischen* Richter gezerrt wurde.«

»Ich hab' dich nicht als Trottel hingestellt, Himmelherrgottnochmal, überhaupt nicht!« sagte ich wütend. »Ehrlich gesagt, wollte ich dir damit ein liebevolles Denkmal setzen.«

»Ach, was du nicht sagst! Nun, das kommt jedenfalls nicht dabei raus. Hör zu, Sohn, vielleicht war ich wirklich ein Trottel, der versuchte, solchen Leuten Vernunft einzutrichtern. Ich hab' ja gar nichts dagegen, wenn man mich ein bißchen auf den Arm nimmt – nichts liegt mir ferner. Ich bin im Leben rumgekommen. Womit ich mich jedoch nicht abfinden kann, ist, daß du nicht siehst – was du nicht sehen *willst!* Diese

Story, das sind nicht wir, ja, schlimmer noch, das bist nicht einmal *du;* Du bist ein liebevoller Junge. Ich habe dich heute beobachtet wie ein Habicht. Ich habe dich dein ganzes Leben lang nicht aus den Augen gelassen. Du bist ein guter, freundlicher und rücksichtsvoller junger Mann. Du bist nicht jemand, der eine derartige Story schreibt und dann behauptet, es sei die Wahrheit.«

»Aber ich *habe* sie geschrieben.« Die Ampel sprang von Rot auf Grün, der Bus nach New York fuhr an und rollte über die Kreuzung hinweg auf uns zu – und mein Vater legte mir die Hände auf die Schultern. Was nur dazu beitrug, mich noch kratzbürstiger zu machen. »Ich *bin* die Art Mensch, die derartige Stories schreibt.«

»Das bist du nicht!« sagte er eindringlich und schüttelte mich dabei ganz leicht.

Ich jedoch sprang in den Bus, und dann schwenkte die pneumatisch schließende Tür mit dem harten Gummirand zu und schloß sich mit einem für mein Gefühl nur allzu treffenden dumpfen Zischen, einem Symbol von der Art, wie man es in einer Erzählung nicht verwendet. Es war ein Geräusch, das mich unwillkürlich an die Preiskämpfe im Laurel Garden denken ließ, wo mein Bruder und ich jedes Jahr einmal unsere Pennies gegeneinander wetteten und wir abwechselnd auf den weißen und auf den farbigen Ringer setzten, während Doc Zuckerman den wenigen Bekannten in der sportbegeisterten Menge zuwinkte, darunter einmal Meyer Ellenstein, dem Zahnarzt, welcher der erste jüdische Bürgermeister der Stadt wurde. Was ich hörte, war der herzzerreißende dumpfe Aufprall, der einem Knockout-Schlag folgt, das Geräusch, mit dem ein völlig benommenes Schwergewicht auf den leinenbespannten Boden des Ringes fällt. Und was ich dann sah, als ich hinausspähte, um zum Abschied zu winken, war mein kleiner, elegant gekleideter Vater – der zu Ehren meines Besuchs einen neuen ›joppenkurzen‹ Automantel angezogen hatte, der genau zu seiner kaffeebraunen Hose und der spitzzulaufenden karierten Mütze paßte und der selbstverständlich dieselbe silbergefaßte Brille und denselben korrekt geschnittenen Lippenbart trug, nach dem ich schon in der Wiege gegriffen hatte; was ich erblickte, war mein völlig verstörter Vater, der allein an der dunkelnden Straßenecke bei dem Park stand, der immer unser Paradies gewesen war, mein Vater, der sich selbst und die gesamte Judenheit durch meinen unerklärlichen Verrat grundlos entehrt und in Gefahr gebracht sah.

Und das war noch nicht das Ende. Sein Kummer war so groß, daß er entgegen dem Rat meiner Mutter und nach einem unerquicklichen Telefongespräch mit meinem jüngeren Bruder, der ihn von Ithaca aus warnte, ich würde das bestimmt nicht gut finden, wenn ich dahinterkäme, beschloß, um eine Unterredung mit Richter Leopold Wapter nachzusuchen, nach Ellenstein und Rabbi Joachim Prinz vielleicht dem geachtetsten Juden der Stadt.

Wapter war als Kind galizischer Eltern in den Slums der Stadt, in unmittelbarer Nachbarschaft der ausbeuterischen Werkstätten und Fabriken, zur Welt gekommen, und zwar rund zehn Jahre, ehe unsere Familie im Jahre 1900 aus Osteuropa dort ankam. Mein Vater erinnerte sich noch daran, von einem der Wapter-Brüder gerettet worden zu sein – es konnte sehr wohl der spätere Jurist selbst gewesen sein – als eine Bande von irischen Gassenjungen sich einen Spaß daraus machten, den siebenjährigen Judenjungen in die Luft zu werfen und Fangball mit ihm zu spielen. Diese Geschichte habe ich als Kind mehr als einmal erzählt bekommen, für gewöhnlich, wenn wir an den schön angelegten Gärten und den türmchenbesetzten Steinvillen der Clinton Avenue entlangfuhren, in der Wapter zusammen mit seiner unverheirateten Tochter lebte – einer der ersten jüdischen Absolventinnen des Vassar College, die sich die Achtung ihrer christlichen Lehrerinnen erwarb – und seiner Frau, der Kaufhauserbin, deren philantropische Taten ihrem Familiennamen unter den Juden von Essex County einen ähnlichen Ruf eingetragen hatten, wie er ihn in ihrer Heimatstadt Charleston gehabt haben sollte. Weil die Wapters eine mit hohem Ansehen verbundene und großer Autorität ausgestattete Stellung einnahmen, wie sie von unserer engeren Familie sonst nur Präsident Roosevelt und seiner Frau zugestanden wurde, hatte ich mir als kleiner Junge immer vorgestellt, daß sie in Mrs. Roosevelts Witwenhüten und -kleidern einherging und, höchst merkwürdig für eine jüdische Frau, im ehrfurchtgebietenden englisch gefärbten Tonfall der First Lady redete. Da sie aus South Carolina stammte, konnte ich mir einfach nicht vorstellen, daß sie *wirklich* Jüdin sei. Und daß ich kein Jude sein könne, war genau das, was sie von mir dachte, nachdem sie meine Story gelesen hatte.

Um an den Richter heranzutreten, mußte mein Vater sich zunächst einmal mit einem entfernteren Verwandten von uns in Verbindung setzen – einem Anwalt, der in einem der wohlhabenderen Vororte wohnte, einem ehemaligen Colonel der Army, der etliche Jahre hindurch Gemeindevorsteher des Newarker Tempels gewesen war, zu dem auch der Richter gehörte. Vetter Teddy hatte schon einmal die Verbindung zu dem Richter hergestellt, damals, als mein Vater es sich in den Kopf gesetzt hatte, daß ich zu den fünf jungen Leuten gehören sollte, denen Wapter jedes Jahr ein Empfehlungsschreiben für die Aufnahmekommission des College schrieb, was – wie es hieß – niemals seine Wirkung verfehlte. Um vor Richter Wapter hinzutreten, hatte ich an hellichtem Tag im Bus einen blauen Anzug tragen, dann von der Bushaltestelle an den Four Corners (unserem Times Square) den ganzen Weg bis zur Market Street zu Fuß zurücklegen müssen, und zwar durch dichtgedrängte Massen von Einkaufslustigen, von denen ich meinte, daß sie einfach umfallen müßten, wenn sie mich um diese Stunde in meinem Feiertagsstaat erblickten. Zu dem Vorstellungsgespräch sollte ich mich im Gerichtsgebäude von Essex County in seinen ›Kammern‹ einfinden, ein Wort, das während der vorangegangenen Woche bei Telefongesprächen mit Verwandten so häufig und mit einer derartigen Ehrfurcht von meiner Mutter ausgesprochen worden war, daß es durchaus daran Schuld sein könnte, wenn ich siebenmal das Badezimmer aufsuchen mußte, ehe ich den dunkelblauen Anzug endgültig zuknöpfen konnte.

Teddy hatte am Abend zuvor angerufen, um mir ein paar Verhaltungsmaßregeln zu erteilen. Die wiederum erklärten den Anzug sowie meines Vaters schwarzseidene Socken, die mithilfe seiner Sockenhalter hochgehalten wurden, und des weiteren die Aktenmappe mit meinen Initialen darauf und das Abgangsgeschenk von der Grundschule, das ich niemals aus dem hintersten Winkel meines Kleiderschranks hervorgeholt hatte. In der schönglänzenden Aktentasche beförderte ich zehn schreibmaschinengeschriebene Seiten, die ich das Jahr zuvor im Fach ›Internationale Beziehungen‹ über die *Balfour Declaration* geschrieben hatte.

Wie geheißen, kam ich ›gleich zur Sache‹ und erbot mich, dem Richter meinen Aufsatz zu zeigen. Mir war ein Stein vom Herzen gefallen, als seine ›Kammern‹ sich als ein einziger Raum entpuppten und nicht als zehn – ein Zimmer überdies, das auch nicht großartiger war als das Zimmer unseres Schulleiters. Auch zierte den gebräunten, ein wenig beleibten und Heiterkeit ausstrahlenden Richter kein altehrwürdiges, weißes Haupt, wie ich erwartet hatte. Und wenn er auch nicht so klein war wie mein Vater, so war er doch ohne weiteres einen guten Kopf kleiner als Abraham Lincoln, an dessen Bronzestandbild man vorbeikam, wenn man das Gerichtsgebäude betrat. Allerdings sah er Jahre jünger aus als mein eigener besorgter Vater und machte keinen halb so ernsthaften Eindruck. Dem Vernehmen nach ein ausgezeichneter Golfspieler, war er offenbar entweder auf dem Weg von oder zu einem Spiel; so jedenfalls erklärte ich mir später seine schottisch gemusterten Wollsocken. Als sie mir jedoch zuerst auffielen – während er sich auf seinem Ledersessel zurücklehnte, um meinen Aufsatz durchzusehen – traf mich das wie ein Schock. Es wollte mir vorkommen, als sei er der milchbärtige, weltunerfahrene Bittsteller und ich mit den Sockenhaltern meines Vaters, die stramm gezogen waren wie eine Adernpresse, der Richter. »Wie wär's wenn ich das einmal hierbehielte, Nathan?« fragte er und blätterte lächelnd in den Seiten mit den *op. cits* und *ibids.* »Ich würde es gern mit nach Hause nehmen und meiner Frau zeigen.« Dann fing er an, mir Fragen zu stellen. Auf diese hatte ich mich (auf Teddys Rat hin) insofern vorbereitet, als ich noch einmal die Verfassung der Vereinigten Staaten, die Unabhängigkeitserklärung und die Leitartikelseite der Newarker *Evening News* von vorn bis hinten durchgelesen hatte. Die Namen der Minister im Kabinett Truman sowie der Fraktionsführer in beiden Häusern des Kongresses konnte ich selbstverständlich längst herunterrattern; auch hatte ich sie vor dem Schlafengehen noch einmal laut meiner Mutter aufgesagt, bloß um ihr zu helfen, sich zu entspannen.

Auf die Fragen des Richters gab ich folgende Antworten:

Journalist. Universität von Chicago. Ernie Pyle. Einen jüngeren Bruder. Lesen – und Sport. Die *Giants* in der Nationalliga und die *Tigers* in der American League. Mel Ott und Hank Greenberg. Li'l Abner. Thomas Wolfe. Kanada; Washington, D.C.; Rye im Staate New York. Dann New York City selbst; Philadelphia und die Atlantikküste von New Jersey. Nein, Sir, in Florida noch nie.

Als die Sekretärin des Richters die Namen jener fünf Newarker jüdischen Schüler und Schülerinnen bekanntgab, für deren Bewerbung fürs College Wapter sich persönlich einsetzen würde, war meiner darunter.

Ich sah den Richter nie wieder, obwohl ich meinem Vater zu Gefallen meinem Gönner während der Orientierungswoche im ersten Semester an der Universität von Chicago einen Brief geschrieben und ihm nochmals für alles gedankt hatte, was er für mich getan. Der Brief, den ich sieben Jahre später, während meiner zweiten Woche als Stipendiat in Quahsay, von Wapter erhielt, war das erste, was ich über das Treffen meines Vaters mit ihm erfuhr, bei dem sie sich über *Höhere Erziehung* unterhalten hatten.

Lieber Nathan

meine Bekanntschaft mit Ihrer geachteten Familie reicht, wie Sie vermutlich wissen, bis an den Anfang unseres Jahrhunderts in der Prince Street zurück, als wir alle arme Leute in einem neuen Land waren, bemüht, das Allernotwendigste fürs Leben zu verdienen, und um die gesellschaftlichen und Bürgerrechte und um unsere geistige Würde kämpfen mußten. Sie sind mir bis heute als einer der besten jüdischen Absolventen unserer Newarker Schulen in Erinnerung. Zu meiner großen Freude erfuhr ich von Ihrem Vater, daß Ihre Zeugnisse im College vom selben hohen Leistungsniveau zeugen, das sie während Ihrer Schulzeit hier bewiesen haben, und daß Sie auf dem Gebiet der Schriftstellerei erste Anerkennung gefunden haben. Da einem Richter nichts lieber ist, als daß er von Zeit zu Zeit eben doch recht behält, war ich entzückt zu erfahren, daß mein Zutrauen zu Ihnen als Schüler der Oberstufe unserer High-School von der Welt draußen bestätigt worden ist. Ich nehme an, daß Ihre Familie und Ihre Gemeinde sich von Ihnen in nicht allzu ferner Zukunft Großes erwarten kann.

Ihr Vater, der ja weiß, welchen Anteil ich an der Entwicklung der besten unserer jungen Leute nehme, hat mich vor kurzem gefragt, ob mir meine richterlichen Obliegenheiten wohl Zeit ließen, Ihnen aufrichtig zu schreiben, was ich von einer Ihrer Short-Stories hielte. Er sagte mir, Sie beabsichtigten, diese Story mit dem Titel ›Höhere Erziehung‹ einer führenden überregionalen Zeitschrift anzubieten und wollte wissen, ob ich meinte, daß die Story Material enthielte, das ich für eine solche Veröffentlichung geeignet hielte.

Im Verlauf unserer ausführlichen und interessanten Unterhaltung hier in meinen Kammern, habe ich ihm auseinandergesetzt, daß die Künstler sich zu allen Zeiten und in allen Ländern stets über den für die Gemeinde, in der sie leben, gültigen mores *stehend betrachtet haben. Wie die Geschichte zeigt, sind bedeutende Künstler immer wieder von den Verängstigten und Ungebildeten verfolgt worden, die nicht begreifen, daß der Künstler eine Persönlichkeit eigener Art ist, welche einen einzigartigen Beitrag zum Wohle der Menschheit leisten kann. Sokrates wurde als Feind des Volkes und Verführer der Jugend betrachtet. Der norwegische Dramatiker und Nobelpreis-Träger, Henrik Ibsen, wurde ins Exil getrieben, weil seine Landsleute nicht begriffen, welch tiefe Wahrheit in seinen großen Dramen steckt. Ich habe Ihrem Vater klargemacht, daß ich niemals mit jener Art Intoleranz in Verbindung gebracht werden möchte, welche die Griechen Sokrates und die Norweger Ibsen gegenüber bewiesen. Andererseits glaube ich jedoch fest daran, daß der Künstler wie alle Menschen eine Verantwortung gegenüber seinen Mitmenschen und der Gesellschaft trägt, in der er lebt, und daß er der Sache der Wahrheit und der Gerechtigkeit verpflichtet ist. Im Sinne dieser Verantwortung und mit dieser als meinem einzigen Kriterium, so sagte ich ihm, wolle ich versuchen, ihm auseinanderzusetzen, ob ich Ihre jüngste literarische Arbeit für eine Veröffentlichung in einer überregionalen Zeitschrift geeignet hielte.*

In der Anlage finden Sie ein Blatt mit einer Liste von Fragen zu Ihrer Story, die meine Frau und ich gemeinsam erarbeitet haben. Da ich weiß, in welchem Maße meine Frau sich für Kunst und Literatur interessiert – und auch, weil ich es nicht fair fand, daß ich mich allein auf meine eigene Lektüre verließ – habe ich mir erlaubt, ihre Ansicht einzuholen. Es handelt sich um ernste und schwierige Fragen, und meine Frau und ich möchten Sie herzlich bitten, ihrer Beantwortung jedenfalls eine Stunde Ihrer Zeit zu opfern. Es geht uns nicht darum, daß Sie sie zu unserer Befriedigung beantworten – vielmehr sollten sie zu Ihrer eigenen Zufriedenheit ausfallen. Sie sind ein vielversprechender und, wie wir alle glauben, außerordentlich begabter junger Mann. Doch zu einer großen Begabung gesellt sich auch große Verantwortung sowie eine Verpflichtung denen gegenüber, die am Anfang Ihres Lebensweges hinter Ihnen gestanden haben, auf daß diese Begabung reiche Frucht trage. Gern würde ich mich in dem Glauben wiegen, daß, falls und wenn der Tag naht, da Sie eingeladen werden, in Stockholm Ihren *Nobel-Preis entgegenzunehmen, wir ein ganz kleines Bißchen dazu beigetragen haben, Sie der Verantwortung bewußt zu machen, die in Ihrer Berufung liegt.*

Hochachtungsvoll,
Ihr Leopold Wapter

P.S. Falls Sie die Broadway-Aufführung vom Tagebuch der Anne Frank *noch nicht gesehen haben sollten, kann ich Ihnen nur dringend ans Herz legen, das nachzuholen. Meine Frau und ich haben der Premiere beigewohnt; wir wünschten, Nathan Zuckerman hätte dabei sein können, um von diesem unvergeßlichen Erlebnis zu profitieren.*

Der von Wapters für mich erstellte Fragebogen lautete folgendermaßen:

ZEHN FRAGEN AN NATHAN ZUCKERMAN

1. *Wenn Sie in den dreißiger Jahren in Nazi-Deutschland gelebt hätten, würden Sie dann eine solche Story geschrieben haben?*
2. *Glauben Sie, daß Shakespeares Shylock und Dickens' Fagin den Antisemiten nicht genützt haben?*
3. *Sind Sie praktizierender Jude? Und wenn ja, wie nehmen Sie am religiösen Leben der Juden teil? Und falls nicht, woher nehmen Sie die Berechtigung, für überregionale Zeitschriften über jüdisches Leben zu schreiben?*
4. *Würden Sie behaupten, daß die Charaktere in Ihrer Story eine faire Auswahl jener Art von Menschen darstellen, die eine typische zeitgenössische jüdische Gemeinde ausmachen?*
5. *Welchen Grund gibt es, in einer Story mit jüdischem Hintergrund die körperliche Vereinigung zwischen einem verheirateten jüdischen Mann und einer nichtjüdischen Frau zu beschreiben? Warum müssen in eine Story mit jüdischem Hintergrund folgende Dinge hinein: (a) Ehe-*

bruch; (b) unablässige Streitereien innerhalb der Familie um Geld; (c) verzerrtes menschliches Verhalten ganz allgemein?

6. *Welche ästhetischen Wertmaßstäbe veranlassen Sie zu meinen, das Niedrige sei gültiger als das Edle und das Schmierige entspreche mehr der Wahrheit als das Erhabene?*
7. *Was in Ihrem Charakter bringt Sie dazu, soviel vom Häßlichen im menschlichen Leben mit Juden in Verbindung zu bringen?*
8. *Können Sie erklären, warum in Ihrer Story, in der ein Rabbi auftritt, sich nirgends etwas von der grandiosen rednerischen Gewalt findet, mit der Stephen S. Wise und Abba Hillel Silver sowie Zvi Masliansky ihre Zuhörer angerührt und beeindruckt haben?*
9. *Abgesehen von dem finanziellen Gewinn für Sie selbst, welche Vorteile hätte eine Veröffentlichung Ihrer Geschichte in einer überregionalen Zeitschrift (a) für Ihre Familie; (b) für Ihre Gemeinde; (c) die jüdische Religion; (d) das Wohlergehen des jüdischen Volkes?*
10. *Können Sie ehrlich sagen, daß es in Ihrer Story irgend etwas gibt, was nicht Wasser auf die Mühlen eines Julius Streicher oder eines Joseph Goebbels wäre?*

Drei Wochen, nachdem ich von Richter Wapter und seiner Frau gehört hatte, und nur wenige Tage vor meinem Besuch bei Lonoff wurde ich um die Mittagsstunde von der Sekretärin der Kolonie gestört. Sie hatte eigens den Mantel angezogen und war zu meinem Blockhaus herausgekommen, um mir zu sagen, es sei ein Ferngespräch für mich eingelaufen, das von der Anruferin als ein dringender Notfall bezeichnet werde.

Als meine Mutter meine Stimme hörte, fing sie an zu weinen. »Ich weiß, es ist nicht richtig, dich zu belästigen«, sagte sie, »aber ich kann einfach nicht mehr. Noch eine Nacht halte ich einfach nicht aus. Und noch eine Mahlzeit auch nicht.«

»Was ist denn? Was ist los?«

»Nathan, hast du einen Brief von Richter Wapter erhalten oder nicht?«

»Ja, selbstverständlich habe ich ihn erhalten.«

»Aber« – sie war tief bestürzt – »warum hast du denn nicht darauf geantwortet?«

»Er hätte mit dieser Story nicht zu Wapter gehen sollen, Mutter.«

»Ach, Liebling, vielleicht hätte er's nicht tun sollen. Aber er hat es nun mal getan. Er hat es getan, weil er weiß, daß du den Richter achtest...«

»Ich *kenne* den Richter doch gar nicht.«

»Das ist nicht *wahr!* Er hat soviel für dich getan, als du aufs College kommen solltest. Er hat sich so wunderbar für dich eingesetzt. Wie es sich herausgestellt hat, hat er in seinen Unterlagen immer noch den Aufsatz über die *Balfour Declaration*, den du in der Schule geschrieben hast. Seine Sekretärin hat in den Akten nachgesehen, und tatsächlich – er war da. Daddy hat ihn selbst gesehen, in seinen Kammern. Warum hast du denn nicht einmal die Höflichkeit besessen, ihm zu antworten?... Daddy ist ganz außer sich. Er kann es nicht fassen.«

»Damit wird er sich abfinden müssen.«

»Aber er hat doch nichts anderes gewollt, als dich davor zu bewahren, daß du dir selbst schadest. Das weißt du doch!«

»Ich dachte, es sei der Schaden, den ich allen Juden zufügte, über den ihr euch Sorgen machtet.«

»Liebling, aus Liebe zu mir, warum antwortest du Richter Wapter nicht? Warum widmest du ihm nicht die Stunde, um die er dich gebeten hat? Du kannst doch bestimmt eine Stunde erübrigen, um einen Brief zu schreiben. Du bist jetzt dreiundzwanzig, und in dem Alter kannst du eine Persönlichkeit wie ihn nicht behandeln, als wäre er Luft. Du kannst dir mit dreiundzwanzig nicht Menschen zu Feinden machen, die bewundert und geliebt werden, und zwar auch von Nichtjuden.«

»Ist es das, was mein Vater sagt?«

»Er redet soviel, Nathan. Es sind jetzt *drei Wochen* her.«

»Woher will er überhaupt wissen, daß ich nicht geantwortet habe?«

»Von Teddy. Er hat nichts von dir gehört, und da hat er ihn schließlich angerufen. Das kannst du dir ja vorstellen. Teddy war ganz sprachlos. Und er ist es auch nicht gewohnt, so behandelt zu werden. Schließlich hat er sich für dich eingesetzt, als du nach Chicago gehen wolltest.«

»Mutter, es ist mir zwar sehr arg, daß ich das sagen muß, aber es ist durchaus möglich, daß der famose Brief des Richters, den wir bekommen haben, nachdem wir ihm allesamt in den Hintern gekrochen sind, an der Universität von Chicago genausoviel bewirkt hat wie ein Brief über meine Fähigkeiten von Rocky Graziano.«

»Aber Nathan, wo bleibt deine Demut, wo deine Bescheidenheit – wo bleibt die Höflichkeit, die du immer bewiesen hast?«

»Wo bleibt der *Verstand* meines Vaters?«

»Er will dich doch nur *bewahren.*«

»Vor was?«

»Vor *Fehlern.*«

»Zu spät, Mutter. Hast du die Zehn Fragen an Nathan Zuckerman nicht gelesen?«

»Doch, das hab' ich, Liebling. Er hat uns einen Durchschlag davon geschickt – und vom Brief auch.«

»Die Großen Drei, Mama! Streicher, Goebbels und dein Sohn! Wo bleibt denn da die Demut des *Richters?* Und *seine* Bescheidenheit?«

»Er hat doch nur gemeint, das, was den Juden...«

»In Europa – nicht in Newark! Wir sind nicht die Unglücklichen von Belsen! Wir waren doch nicht die Opfer dieses Verbrechens!«

»Aber wir *könnten* es sein – an ihrer Stelle *würden* wir

es sein. Nathan, Gewalttätigkeit ist nichts Neues für die Juden, das *weißt* du doch.«

»Ma, wenn du sehen willst, wie den Juden von Newark körperliche Gewalt angetan wird, dann geh in die Praxis des Schönheitschirurgen, wo die Frauen sich die Nasen richten lassen! Das ist der Ort, wo im Essex County das jüdische Blut fließt, wo der Schlag ausgeteilt wird – mit einem Vorschlaghammer. Ein Schlag, der sich gegen ihre Knochen – und gegen ihren Stolz richtet.«

»Bitte, schrei mich nicht an! Das ist alles viel zu hoch für mich, bitte – deshalb ruf ich ja an. Richter Wapter hat doch nicht gesagt, *du* wärest Goebbels. Gott bewahre! Er stand noch ein wenig unter der Wirkung eines Schocks, nachdem er deine Story gelesen hatte. Wie wir alle, das kannst du mir glauben.«

»Ach, dann laßt ihr euch vielleicht ein bißchen zu leicht schockieren. Juden sind größere Schocks gewöhnt, als ich sie mit einer Story austeilen kann, in der ein Filou wie Sidney vorkommt. Oder Essies Hammer. Oder Essies Anwalt. Das weißt du doch ganz genau. Du hast es doch selber *gesagt*.«

»Ach, Liebling, dann erklär dem Richter das. Sag's ihm einfach so, wie du's mir gesagt hast, dann ist ja alles gut. Dein Vater wird glücklich sein. Schreib ihm *irgend*was. Du kannst so wunderbare Briefe schreiben! Als Großmutter im Sterben lag, hast du ihr einen Brief geschrieben, der war wie ein Gedicht. Es war, wie...

wie zuhören, wenn jemand französisch spricht, einfach wunder-, wunderschön! Auch was du über die *Balfour-Declaration* geschrieben hast, war so schön – und dabei warst du damals erst fünfzehn. Der Richter hat Daddy den Aufsatz zurückgegeben und gesagt, er wüßte noch genau, welch großen Eindruck er ihm damals gemacht hat. Er ist nicht gegen dich, Nathan. Aber wenn du dich auf die Hinterbeine stellst und Mißachtung zeigst, wird er sich gegen dich stellen. Und Teddy auch. Dabei könnte der eine so große Hilfe sein!«

»Nichts, was ich schreiben könnte, würde Wapter überzeugen. Und seine Frau auch nicht.«

»Du könntest ihnen doch schreiben, du hättest dir *Das Tagebuch der Anne Frank* angesehen. Das könntest du doch wenigstens tun.«

»Ich hab's aber nicht gesehen. Ich hab' das Buch gelesen. *Jeder* hat das Buch gelesen.«

»Aber du hast es doch gemocht, oder?«

»Darum geht es doch nicht. Wie soll es jemand *nicht* mögen? Mutter, ich werde mich nicht in Gemeinplätzen ergehen, bloß, um den Erwachsenen zu gefallen!«

»Aber wenn du einfach das schreiben würdest, daß du das Buch gelesen hättest und es dir gefallen hätte ... Denn Teddy hat Daddy gesagt – oh Nathan, ist da was Wahres dran? – für ihn sähe es so aus, als ob du die Juden wirklich nicht gern hättest.«

»Nein, das hat Teddy in den falschen Hals gekriegt. Er ist es, den ich nicht besonders gern habe.«

»Ach, Liebling, hör auf, geistreich sein zu wollen. Und hör auf damit, immer wieder das letzte Wort haben zu müssen, bitte! Antworte mir nur, ich weiß nämlich wirklich nicht mehr, wo mir der Kopf steht. Nathan, sag mir etwas...«

»Was?«

»Ich wiederhole doch nur, was Teddy gesagt hat. Liebling...«

»Worum geht's denn, Ma?«

»Bist du wirklich Anti-Semit?«

»Das überlaß' ich dir. Was meinst du?«

»Ich? Das wär' das Allerneueste für mich! Aber Teddy...«

»Ich weiß, daß er das College besucht hat und in Millburn in einem Haus mit Spannteppichen wohnt. Aber auch solche können ziemlich beschränkt sein.«

»Nathan!«

»Tut mir leid, aber das ist nun mal meine Meinung.«

»Ach, ich weiß wirklich nicht mehr, was ich von alledem halten soll – all dies bloß wegen einer Story! Aber bitte, wenn du nicht bereit bist, etwas von dem zu tun, worum ich dich bitte, dann ruf zumindest deinen Vater an. Er wartet jetzt seit geschlagenen drei Wochen auf irgend etwas. Und er ist ein Mann, der etwas tun muß, dein Vater, nicht jemand, der es versteht zu warten. Liebling, ruf ihn in seiner Praxis an. Rufe ihn gleich an. Um meinetwillen.

»Nein.«

»Ich bitte dich darum!«

»Nein.«

»Oh, ich kann einfach nicht glauben, daß du das bist.«

»Ich *bin's* aber.«

»Aber – was ist mit der Liebe deines Vaters?«

»Ich bin selbständig.«

An diesem Abend fing ich in Lonoffs Arbeitszimmer einen Brief nach dem anderen an, um mich meinem Vater zu erklären, doch jedesmal, wenn ich an die Stelle kam, wo es darum ging wiederzugeben, wie lobend Lonoff sich über meine Arbeit ausgesprochen hatte, zerriß ich den Bogen, so wütend war ich. Ich schuldete ihm keine Erklärung; außerdem würde er mir diejenigen, die ich vorbrachte, ohnehin nicht abnehmen, falls er sie überhaupt verstand. Daß meine Stimme um meine Kniekehlen herum begann und über meinen Kopf hinausreichte würde ihn auch nicht glücklicher machen darüber, daß ich Dinge über abstoßende und mißratene Familienmitglieder preisgab, die niemanden etwas angingen außer uns selbst. Auch würde es bestimmt nicht helfen, ihm klarzumachen, daß die hammerschwingende Essie in meiner Story nichts Peinliches hatte, sondern eher eindrucksvoll wirkte; das würden die Leute nicht von einer Frau sagen, die sowas tat und hinterher vor Gericht rabiat wurde wie ein Mann in einem Wirtshausstreit. Auch würde eine

Stippvisite in meinem literarischen Museum von Wachsfiguren – von Babels Odessaer Banditen bis zu Abravanels Genußmenschen aus Los Angeles – ihn nicht davon überzeugen, daß ich durchaus für die Verantwortung eintrat, die sein Held, der Richter, mir aufgebürdet hatte. Odessa? Warum nicht gleich der Mars? Ihm ging es um das, was die Leute sagen würden, wenn sie diese Story in North Jersey lasen, wo wir zufällig herstammten. Er sprach von den *Gojim*, die ohnehin schon mit genug unberechtigter Verachtung auf uns herabsahen und die uns alle mit Wonne Jidden schimpfen würden, weil ich – für alle Welt nachzulesen – beschrieben hatte, wie Juden sich ums liebe Geld zankten. Wie kam ich dazu auszuplaudern, daß so etwas passierte? Das war schlimmer als jemand zu denunzieren – das hieß, sich zum Komplizen machen!

Ach, es ist so sinnlos, dachte ich, es ist einfach idiotisch – und zerriß einen weiteren halbbeendeten Rechtfertigungsbrief. Daß unser Verhältnis sich so rapide verschlechterte – dadurch, daß er zu Wapter gelaufen war und ich mich geweigert hatte, mich gegenüber denen, die älter und erfahrener waren als ich, zu rechtfertigen – hatte früher oder später ja kommen müssen. Hatte man nicht Joyce, hatte man nicht über Flaubert und Thomas Wolfe, den romantischen Genius auf meiner Leseliste in der Schule – hatte man sie nicht alle der Illoyalität bezichtigt und war nicht von denen, die sich in ihren Werken verunglimpft wähnten, der Stab über sie alle gebrochen worden? Wie selbst der Richter wußte, war Literaturgeschichte zum Teil die Geschichte von Romanciers, die ihre Landsleute, ihre Familie und ihre Freunde zur Weißglut gebracht hatten. Gewiß, bis jetzt umstrahlte unseren Streit noch nicht die Aura der Literaturgeschichte; dennoch, Schriftsteller waren keine Schriftsteller, sagte ich mir, wenn sie nicht die Kraft aufbrachten, sich mit der Unlösbarkeit dieses Konflikts abzufinden und weiterzumachen.

Doch wie stand es mit den Söhnen? Nicht Flauberts Vater oder der von Joyce hatte mir Rücksichtslosigkeit vorgeworfen – sondern mein eigener. Auch waren es nicht die Iren, von denen er behauptete, ich hätte sie verunglimpft und falsch dargestellt, sondern die Juden. Zu denen ich gehörte. Und von denen es vor rund fünftausend Tagen noch Millionen mehr gegeben hatte.

Trotzdem: jedesmal, wenn ich einen neuen Anlauf nahm, ihm meine Gründe auseinanderzusetzen, wuchs meine Wut auf ihn. Du bist es, der sich erniedrigt hat – damit mußt du fertig werden, du moralisierender Esel! Wapter, dieser Schaumschläger, der hatte ja keine Ahnung! Dieser lächerliche Stütze der Gesellschaft! Und seine frömmelnde Schöne mit ihrer Liebe zur Kunst! Zehn Millionen an der Hucke, und ausgerechnet *mir* ›finanziellen Gewinn‹ vorzuhalten! Und zu allem anderen auch noch Abba Hillel Silver! Ach, vergeuden Sie doch nicht Ihre Zeit, mich darüber aufzuklären zu wollen, was für ein hinreißender Redner Rabbi Silver ist, Lady; erzählen Sie das meinem verstorbenen Cousin Sidney und seinen Freunden von der Ehrenwerten Gesellschaft – zitieren Sie denen Zvi Masliansky, so wie Sie das auf dem Golfplatz beim achtzehnten Loch tun!

Gegen elf hörte ich den Schneepflug der Gemeinde die ungepflasterte Straße hinterm Apfelgarten vom Schnee freiräumen. Später kam ein Trecker, dem vorn ein Schneeblatt anmontiert worden war, mit Karacho die Auffahrt herein und schob im Apfelgarten den im Laufe des Abends gefallenen Schnee auf den in den letzten dreißig Tagen gefallenen. Eine halbe Stunde später traf dann der kleine Renault ein und fuhr rutschend die Auffahrt hinauf; der eine Scheinwerfer war ganz hell, der andere gedämpft und die Scheibenwischer halb tot.

Beim ersten Laut, der die Rückkehr ihres Autos ankündigte, hatte ich sämtliche Lampen in meinem Zimmer ausgeknipst und war auf Knien zum Fenster gekrochen, um zu beobachten, wie sie zum Haus herüberkam. Denn ich war nicht nur wach geblieben, weil ich das Mißfallen meines Vaters oder E.I. Lonoffs Trinkspruch nicht vergessen konnte – ich hatte auch die Absicht gehabt, es mir nicht entgehen zu lassen, wenn der bezaubernde und geheimnisvolle Hausgast (der als erotische Rivalin von Hope, als die ich mir Miß Bellette jetzt vorstellte, für mich selbstverständlich nur noch an Reiz gewonnen hatte) heimkehrte und im Stockwerk über mir das Nachthemd anzog. Was sich daraus für mich ergeben sollte, ahnte ich nicht im geringsten. Aber immerhin – einfach wach und nackt in einem Bett zu liegen, während sie wach und nahezu unbekleidet in einem anderen lag, war besser als nichts. Es war ein Anfang.

Doch wie vorauszusehen, war es schlimmer als nichts und bedeutete kaum etwas Neues für mich. Die Laterne auf dem halb im Schnee vergrabenen Laternenpfahl zwischen dem Haus und dem Autoschuppen wurde dunkel; dann hörte ich dort, wo ich neben dem Fenster auf dem Boden kniete, wie sie das Haus betrat. Sie durchquerte die Diele und stieg dann die läuferbelegte Treppe hinauf – und das war das letzte, was ich von ihr sah oder hörte, bis ich etwa eine Stunde später das Vergnügen hatte, einem weiteren Kurs als Gasthörer beizuwohnen, diesmal einem Abendkurs für Erwachsene in der Lonoff'schen Schule der Kunst. Der Rest dessen, warum ich wachgeblieben und worauf ich gewartet hatte, blieb selbstverständlich meiner Phantasie überlassen. Das jedoch ist eine weit einfachere Arbeit, als etwas an der Schreibmaschine zu erfinden. Für diese Art von Phantasie braucht man nicht mit einem Foto in der *Saturday Review* abgebildet zu werden. Dazu braucht man nicht einmal das Alphabet zu kennen. Wenn man jung ist, schafft man das gewöhnlich mit fliegenden Fahnen. Aber man braucht nicht einmal jung zu sein. Man braucht überhaupt nichts zu sein.

Tugendhafter Leser, so du meinst, *post coitum* sei alle Kreatur traurig, versuche einmal, auf der Chaiselongue in E. I. Lonoffs Arbeitszimmer zu masturbieren, und sieh dann, wie dir zumute ist. Um für das Gefühl abgrundtiefer Erbärmlichkeit zu sühnen, beschritt ich augenblicklich den Weg des Erhabenen und zog aus Lonoffs Bücherregal den Band mit Henry James' Erzählungen, der *Die mittleren Jahre* enthielt, die Quelle einer der beiden Zitate, die an der Pinwand festgesteckt waren. Und dort, wo ich mich des so ganz und gar nicht zu James passenden Abfalls von Anstand und Sitte schuldig gemacht hatte, las ich die Erzählung zweimal durch und suchte soviel wie möglich über den Zweifel herauszufinden, welcher die Leidenschaft des Schriftstellers ist, die Leidenschaft, die seine Aufgabe ist, und über den Wahnsinn – ausgerechnet! – der Kunst.

Dencombe, ein Romancier, »der einigen Ruf genoß«, erholt sich in einem englischen Seebad von einem kräftezehrenden Leiden und erhält dort von seinem Verleger ein Exemplar seines letzten Buches *Die mittleren Jahre* zugeschickt. Allein auf einer Bank sitzend, mit Blick aufs Meer, schlägt Dencombe zögernd das Buch auf – und entdeckt jene künstlerische Vollkommenheit, von der er meint, daß er sie bisher nie erreicht habe. Sein Genius ist jedoch ausgerechnet zu einem Zeitpunkt voll erblüht, da er nicht mehr die Kraft hat, einen »›Spätstil‹ . . ., zu dem seine eigentliche Fähigkeit reifen könnte«, zu entwickeln. Dazu bedürfte es einer zweiten

Existenz, und alles deutet darauf hin, daß seine erste fast vorüber ist.

Während er angstvoll über das Ende seines Lebens nachsinnt, gesellt sich ein redseliger fremder junger Mann – eine eigene Ausgabe der *Mittleren Jahre* in der Hand – auf der Bank zu ihm. Begeistert fängt er an, dem abgeklärten alten Herrn, der, wie er feststellt, gleichfalls in dem neuen Roman gelesen hat, von Dencombes hoher Leistung zu sprechen. Bei dem Bewunderer – »dem größten Bewunderer..., dessen sich zu rühmen ihm vorstellbar war« – handelt es sich um Dr. Hugh, den Arzt einer reichen und exzentrischen englischen Gräfin, die genauso wie Dencombe im Hotel abgestiegen ist, um sich von einer ernsten Krankheit zu erholen. Von Leidenschaft für *Die mittleren Jahre* entbrannt, schlägt Dr. Hugh das Buch auf, um laut eine besonders schöne Stelle vorzulesen; doch da er aus Versehen nicht seine, sondern Dencombes Ausgabe ergriffen hat, entdeckt er, daß der gedruckte Text an einem Dutzend Stellen mit Bleistift geändert worden ist. Woraufhin der bisher unerkannte und kränkelnde Autor, der drauf und dran ist, erkannt zu werden – »ein leidenschaftlicher Verbesserer«, dem es nie gelingt, sich zu einer endgültigen Form durchzuringen – merkt, wie seine Krankheit ihn übermannt und das Bewußtsein verliert.

In den nun folgenden Tagen hofft der ans Bett gefesselte Dencombe, daß ein wunderbarerweise von dem aufmerksamen jungen Arzt zusammengebrautes Heilmittel ihn wieder zu Kräften bringt. Als er jedoch erfährt, daß die Gräfin vorhat, Dr. Hugh zu enterben und dadurch um ein prächtiges Vermögen zu bringen, wenn er sie weiterhin zugunsten des Romanciers vernachlässigt, beschwört Dencombe Dr. Hugh, ihr nach London zu folgen. Dr. Hugh vermag jedoch nicht über seine leidenschaftliche und abgöttische Verehrung hinwegzukommen, und als er dann endlich doch Dencombes Rat folgt und zu seiner Dienstherrin eilt, hat er bereits »einen furchtbaren Schaden« angerichtet, für den Dencombe fast meint, verantwortlich zu sein: die Gräfin ist bei einem durch ihre Eifersucht hervorgerufenen Rückfall gestorben und hat dem jungen Arzt keinen Penny hinterlassen. Dr. Hugh sagt, als er von ihrem Grab zurückkehrt, zu dem von ihm so tief verehrten Sterbenden: »Ich mußte mich entscheiden.«

»Sie haben sich entschieden, ein Vermögen fahren zu lassen?«

»Ich hatte mich entschieden, die Folgen meiner Leidenschaft hinzunehmen, egal, worin sie bestehen mochten«, sagte Doktor Hugh lächelnd. Und dann, um das ganze ins Scherzhafte zu ziehen: »Zum Teufel mit dem Vermögen! Sie sind selber schuld, wenn ich Ihre Sachen nicht aus meinem Kopf herauskriege.«

Der Ausdruck »ins Scherzhafte« war in Lonoffs Ausgabe dünn und schwarz unterstrichen. In einer Schrift, so winzig, daß sie kaum noch zu entziffern war, hatte der Schriftsteller selber scherzhaft notiert: »Und auch selber schuld, wenn ich es kann.«

Von dieser Stelle an hatte Lonoff auf beiden Rändern der letzten Seite, wo Dencombes Tod beschrieben wurde, drei senkrechte Striche gezogen. Da war nichts, was an Scherzhaftes erinnert hätte. Vielmehr schienen die sechs chirurgisch exakt gezogenen schwarzen Linien eine Abfolge subtiler Eindrücke anzudeuten, welche James' hintergründige Erzählung über die zweifelhafte Hexerei des Romanciers auf Lonoffs unbeirrbaren Geist hatte ausüben können.

Nachdem Dencombe von den Folgen der leidenschaftlichen Vernarrtheit des jungen Mannes erfahren hatte – Folgen, die so ganz und gar nicht mit seinen eigenen ehrenhaften Überzeugungen zu vereinbaren waren, so daß Dencombe, nachdem er erfährt, welche Rolle er bei alledem gespielt hat, »ein langes, betroffenes Stöhnen« von sich gibt – liegt er »viele Stunden lang, viele Tage hindurch ... regungslos und wie abwesend da.«

Zuletzt winkte er Doktor Hugh heran und gab ihm zu verstehen, er solle zuhören, und nachdem dieser neben seinem Kissen niedergekniet und ihm ganz nahe war, sagte er: »Sie haben mich dazu gebracht, alles für einen Irrtum zu halten.«

»Nicht Ihr Ruhm, mein lieber Freund«, stammelte der junge Mann.

»Nicht mein Ruhm – was gibt es schon davon! Ruhm bedeutet – auf die Probe gestellt worden zu sein, ein bißchen

etwas gekonnt und sein bißchen Verzauberung ausgeübt zu haben. Es geht darum, jemand dazu gebracht zu haben, daß man ihm etwas bedeutet. Wie der Zufall es will, sind Sie selbstverständlich verrückt, aber das ändert nichts an dem Gesetz.«

»Sie sind ein großer Erfolg!« sagte Dr. Hugh und legte den ganzen Klang einer Hochzeitsglocke in seine junge Stimme.

Dencombe sann darüber nach; dann nahm er alle Kraft zusammen, um noch einmal zu sprechen. »Eine zweite Chance – darin *besteht der Irrtum. Es war nie mehr als eine vorgesehen. Wir arbeiten im Dunkel – wir tun, was wir können – wir geben, was wir haben. Unser Zweifel ist unsere Leidenschaft und unsere Aufgabe. Der Rest ist der Wahnsinn der Kunst.«*

»Wenn Sie gezweifelt haben, wenn Sie verzweifelt sind, dann haben Sie es immer ›geschafft‹«, gab sein Besucher ihm feinsinnig zu bedenken.

»Wir haben dies oder das getan«, räumte Dencombe ein.

»Dies oder das ist alles. Ist das, was machbar ist. Das sind Sie.*«*

»Tröster!« seufzte der arme Dencombe ironisch.

»Aber es stimmt«, beharrte sein Freund.

»Es stimmt. Die Frustration ist es, die nicht zählt.«

»Die Frustration ist nur das Leben«, sagte Doktor Hugh.

»Ja, es ist das, was vorübergeht. »Der arme Dencombe war kaum noch zu hören, doch hatte er mit diesen Worten praktisch das Ende seiner ersten und einzigen Chance deutlich gekennzeichnet.

Als ich plötzlich über mir gedämpfte Stimmen hörte, stieg ich – den Finger immer noch auf der Stelle im Buch, bei der ich gerade angekommen war – auf die Chaiselongue, reckte mich zu voller Größe auf und versuchte mitzubekommen, was gesagt wurde und von wem. Als das nichts half, dachte ich daran, auf Lonoffs Schreibtisch zu klettern; der war gut dreißig Zentimeter höher als die Chaiselongue und würde mein Ohr bis auf wenige Zentimeter an die Zimmerdecke heranbringen. Aber wenn ich hinfiel, wenn ich die Stapel seines Schreibpapiers auch nur um einen Millimeter verschob, wenn ich irgendwie Fußabdrücke hinterließ – nein, das konnte ich nicht riskieren; ich hätte überhaupt nie daran denken dürfen. Ich war schon weit genug gegangen, als ich eine Ecke seines Schreibtischs mit Beschlag belegt hatte, um das halbe Dutzend nicht zuendegeschriebener Briefe an meinen Vater zu entwerfen. Mein Sinn für Anstand, ganz zu schweigen von der liebenswürdigen Gastfreundschaft des Schriftstellers, gebot mir, von solch niedrigem und unschönen Tun Abstand zu nehmen.

Doch inzwischen hatte ich es bereits getan.

Eine Frau weinte. Welche? Worüber? Und wer war da, sie zu trösten – oder in Tränen ausbrechen zu lassen? Nur noch ein ganz kleines bißchen höher, vielleicht konnte ich es dann feststellen. Ein dickes Wörterbuch wäre genau das richtige gewesen, aber Lonoffs *Webster* stand unten auf einem Bord mit dickleibigen Nachschlagewerken, etwa in der Höhe des Schreibmaschinenstuhls, und das Äußerste, was mir unter den Umständen gelang, um noch ein paar Zentimeter höherzukommen, war, daß ich mich hinkniete und zwischen Schreibtischplatte und meine Füße den Erzählungsband von Henry James steckte.

Ach, die ungezählten Folgen der Kunst und was man alles damit machen konnte – unfaßbar! Dencombe würde es verstehen. James würde es verstehen. Aber würde Lonoff es auch verstehen? *Nicht fallen!*

»So, das ist vernünftig.« Lonoff war es, der sprach. »Du hast es selber feststellen müssen, und jetzt hast du es festgestellt.«

Ein leiser dumpfer Laut direkt über mir. Jemand hatte sich in einen Sessel fallen lassen. War es der müde Autor? Jetzt in seinem Bademantel, oder immer noch in Anzug und Krawatte und mit glänzend polierten Schuhen?

Dann hörte ich Amy Bellette. Und was hatte *sie* an um diese Stunde? »Nichts habe ich festgestellt – nur noch mehr Leid, so oder so. Selbstverständlich kann ich nicht hier leben – aber ich kann auch dort nicht weiter leben. Ich kann nirgends leben. Ich kann überhaupt nicht *leben.*«

»Beruhige dich. Für heute hat sie genug gehabt. Laß sie ruhen, jetzt, wo sie schon schläft.«

»Sie macht allen das Leben kaputt.«

»Gib nicht ihr die Schuld für das, was du mir vorwirfst. Ich bin es doch, der hier ›nein‹ sagt. Und jetzt geh auch *du* schlafen.«

»Ich kann nicht. Und ich will nicht. Wir können doch reden.«

»Wir haben miteinander geredet.«

Schweigen. Hatten sie sich etwa hingekniet und lauschten durch die alten Fußbodendielen hindurch nach *mir?* Dann hatten sie längst mein Herzklopfen gehört.

Quietschende Sprungfedern eines Bettes! Lonoff, der zu ihr unter die Decke schlüpfte!

Doch es war Amy, die ich aus dem Bett steigen hörte, nicht Lonoff, der hineinschlüpfte. Nur wenige Zentimeter über meinen Lippen ging sie leichtfüßig über den Fußboden.

»Ich liebe dich. Ich liebe dich ja so, Dad-da. Es gibt keinen so wie dich. Es sind alles solche Dummköpfe.«

»Du bist ein gutes Mädchen.«

»Laß mich auf deinen Schoß. Halt mich nur ein bißchen im Arm, dann geht es mir wieder gut.«

»Es geht dir jetzt schon wieder gut. Zuletzt geht es dir immer gut. Du bist eine große Überlebenskünstlerin.«

»Nein, nur der kräftigste Schwächling, den es gibt. Ach, erzähl mir eine Geschichte! Sing mir ein Lied vor. Ach, mach den großen Durante nach, ich brauch' das wirklich heute abend.«

Zuerst hörte es sich an, als ob jemand hustete. Doch

dann konnte ich – jawohl – hören, daß er ihr vorsang, sehr leise, in der Art von Jimmy Durante – *So I ups to him, and he ups to me* – konnte ich gerade diesen einen Vers verstehen, was jedoch genügte, mir den ganzen Song ins Gedächtnis zu rufen, wie Durante ihn in seiner Radio-Show vortrug, mit seiner berühmten versoffenen Stimme, heiser und so zu Herzen gehend einfach, wie der berühmte Autor sie jetzt über mir nachzumachen versuchte.

»Mehr«, sagte Amy.

Saß sie jetzt auf seinem Schoß? Amy im Nachthemd und Lonoff im Anzug?

»Schlaf du jetzt«, gebot er ihr.

»Mehr. Sing *I Can Do Without Broadway.*«

»Oh, I know don well I can do widout Broadway – but... *can Broadway do widout meee?«*...«

»Ach, Manny, wie glücklich wir sein könnten – in Florenz, mein Liebster, könnten wir aus dem Versteck herauskommen.«

»Wir verstecken uns nicht. Das haben wir nie getan.«

»Nein, nicht, wenn es ist wie jetzt. Aber sonst ist es alles so verlogen und verkehrt und einsam. Wir könnten uns gegenseitig so glücklich machen. In Europa würde ich nicht dein kleines Mädchen sein. Das würde ich, wenn wir spielten, aber sonst würde ich deine Frau sein.«

»Wir würden sein, was wir immer gewesen sind. Hör auf zu träumen.«

»Nein, nicht so. Ohne sie...«

»Möchtest du eine Leiche auf dem Gewissen haben? Sie würde innerhalb eines Jahres tot sein.«

»Aber ich habe schon eine Leiche auf dem Gewissen.« Der Fußboden knackte, wo ihre beiden Füße plötzlich gelandet waren. Also hatte sie *doch* auf seinem Schoß gesessen. »Schau her!«

»Bedeck dich!«

»Meinen Leichnam.«

Schlurfen über die Dielenbretter. Der schwere, sich entfernende Schritt Lonoffs.

»Gute Nacht.«

»Schau sie dir an!«

»Das ist melodramatisch, Amy. Bedeck dich!«

»Ziehst du die Tragödie vor?«

»Sei nicht geschmacklos. Du bist nicht überzeugend. Nimm dich zusammen, und laß dich nicht so gehen – und laß das!«

»Aber ich werde verrückt! Ich kann nicht getrennt von dir leben! Ich weiß nicht, wie ich das machen soll. Ach, warum habe ich diese Stellung nicht angenommen – und bin wieder zurückgekommen! Und zum Teufel mit ihr!«

»Du hast das richtige getan. Du weißt ganz genau, was du zu tun hast.«

»Ja, ich gebe alles auf.«

»Die Träumereien, genau gesagt.«

»Ach, Manny, würde es dich umbringen, nur meine

Brüste zu küssen? Ist das auch träumerisch? Würde es den Tod von jemand bedeuten, wenn du nur das tätest?«

»Jetzt bedeck dich aber!«

»Dad-da, *bitte*!«

Doch als nächstes hörte ich Lonoffs Hauspantoffeln über den Korridor schlurfen – er hatte also doch den Anzug nicht mehr an, sondern war fürs Bett gekleidet. So lautlos, wie ich konnte, glitt ich vom Schreibtisch herunter und ging auf Zehenspitzen zur Chaiselongue hinüber, auf der ich unter der Anstrengung, die mich mein akrobatisches Lauschen gekostet hatte, einfach zusammenbrach. Mein Erstaunen über das Gehörte, meine Scham über den unverzeihlichen Vertrauensbruch ihm gegenüber, meine Erleichterung darüber, unentdeckt davongekommen zu sein – all das enpuppte sich als im Grunde nichts verglichen mit der Qual, die ich gleich darauf über die Dürftigkeit meiner Phantasie empfand und was das für die Zukunft bedeutete. Dad-da, Florenz, der große Durante; ihr Kleinkindergehabe und ihr Verlangen, seine wahnsinnige, heroische Selbstbeherrschung – ach, wenn ich mir die Szene über mir, die ich belauscht hatte, nur in meiner Phantasie hätte ausdenken können! Wenn ich nur genauso Aberwitziges ersinnen könnte, wie es im echten Leben passierte! Wenn ich eines Tages die Ursprünglichkeit und das Aufregende dessen, was wirklich passierte, auch nur *annähernd* erreichen könnte! Doch wenn ich das jemals schaffte – was würden sie dann von mir denken, mein Vater und sein Richter? Wie würden meine Altvorderen damit fertigwerden? Und wenn sie es nicht fertigbrachten, wenn der Schlag, den ich ihren Gefühlen versetzte, allzu tiefe Wunden schlug – wie würde ich dann damit fertigwerden, gehaßt und geschmäht und verleugnet zu werden?

Es war erst ein Jahr her, daß Amy Lonoff ihre ganze Geschichte erzählt hatte. Hysterisch schluchzend, hatte sie ihn eines Abends vom *Biltmore Hotel* in New York aus angerufen; soviel er hatte herausbekommen können, war sie am Morgen allein mit der Bahn von Boston nach New York gefahren, um sich die Vormittagsvorstellung eines Stückes anzusehen, und hatte vorgehabt, am Abend wieder mit dem Zug zurückzufahren. Stattdessen hatte sie sich nach der Vorstellung ein Hotelzimmer genommen und sich seither dort ›verkrochen‹.

Um Mitternacht – er hatte gerade seine Abendlektüre hinter sich gebracht und war hinaufgegangen, um sich schlafen zu legen – war Lonoff in sein Auto gestiegen und nach Süden gefahren. Gegen vier hatte er die Stadt erreicht, gegen sechs hatte sie ihm erzählt, daß es die Bühnenfassung der Anne Frank gewesen sei, weswegen sie nach New York gekommen war, doch es war später Vormittag, ehe sie ihm einigermaßen zusammenhängend hatte auseinandersetzen können, inwiefern sie mit diesem neuen Broadway-Stück zusammenhing.

»Es lag nicht am Stück – das hätte ich ohne weiteres ansehen können, wäre ich allein gewesen. Es lag an den

Zuschauern, die es zusammen mit mir ansahen. Ganze Autoladungen von Frauen fuhren vorm Theater vor, Frauen im Pelzmantel, mit teuren Schuhen und Handtaschen. Ich dachte: Das hältst du nicht aus! Die Theaterzettel, die Fotos, die Markisenüberdachung vorm Eingang, das alles hatte mir nichts ausgemacht. Die Frauen waren es, die mir Angst machten – und ihre Männer, ihre Kinder und ihr Zuhause. Geh doch in ein Kino, sagte ich mir, oder geh stattdessen in ein Museum. Aber ich wies meine Eintrittskarte vor, ging zusammen mit ihnen hinein, und da ist es dann passiert. Es kam, wie es kommen mußte. So geht es da nun mal zu. Die Frauen weinten. Alles um mich herum war in Tränen aufgelöst. Und dann, am Ende, kreischte eine Frau in der Reihe hinter mir: ›Oh, nein.‹ Darum bin ich hierhergelaufen. Ich wollte ein Zimmer mit Telefon, in dem ich bleiben konnte, bis ich meinen Vater gefunden hätte. Doch das einzige, was ich tat, war, im Badezimmer zu hocken und mir zu überlegen, daß – wenn er es wüßte, wenn ich es ihm sagte – sie nach jeder Vorstellung vor den Vorhang treten würden und verkünden müßten: ›Aber in Wirklichkeit ist sie noch am Leben. Keine Sorge, sie hat überlebt, ist jetzt sechsundzwanzig Jahre alt, und es geht ihr sehr gut.‹ Ich hatte vor, ihm zu sagen: ›Du mußt dafür sorgen, daß dies Geheimnis unter uns bleibt – kein Mensch außer dir darf es jemals erfahren.‹ Aber was, wenn sie ihm auf die Schliche gekommen wären? Wenn man uns beiden auf die Schliche gekommen wäre? Manny, ich konnte ihn einfach nicht anrufen. Und wußte das ganz genau, schon als ich die Frau hinter mir kreischen hörte: ›Oh, nein.‹ Da wußte ich, was die ganze Zeit über wahr gewesen ist: Ich werde ihn nie wiedersehen. Ich muß für alle Welt tot sein.«

Amy lag auf einem verwühlten Bett, eng in eine Wolldecke gewickelt, während Lonoff schweigend auf einem Stuhl neben dem Fenster zuhörte.

Nach Betreten des unverschlossenen Zimmers hatte er sie in der leeren Badewanne sitzend vorgefunden; sie hatte immer noch ihr bestes Kleid und ihren besten Mantel an; den Mantel, weil sie das Zittern einfach nicht unterdrücken konnte, und in der Badewanne, weil das die Stelle war, die am weitesten von dem Fenster entfernt war, von dem aus es zwanzig Stockwerke in die Tiefe ging.

»Wie rührend, mußt du denken! wie witzig!« sagte sie.

»Witzig? Wieso? Ich wüßte nicht, was hier witzig wäre!«

»Daß ich dir das erzählt habe.«

»Ich versteh das immer noch nicht.«

»Weil es wie eine deiner Stories ist. Eine E. I. Lonoff-Story... mit dem Titel... ah, du weißt nicht, wie du sie nennen sollst. Du würdest es fertigbringen, die ganze Geschichte auf drei Seiten zu erzählen. Ein heimatloses Mädchen kommt aus Europa herüber, sitzt in der Vorlesung des Professors und gibt kluge Dinge von sich, hört sich seine Platten an, spielt auf dem Klavier seiner Tochter, und dann, eines Tages, als das heimatlose Wesen zu einer Frau herangewachsen und allein ausgegangen ist, eines schönen Tages, im *Biltmore-Hotel,* eröffnet sie ihm beiläufig...«

Er erhob sich von seinem Stuhl und setzte sich auf den Bettrand, während sie wieder zerfloß: »Ja«, sagte er, »ganz beiläufig.«

»Manny, ich bin nicht verrückt, bin keine Spinnerin, bin nicht ein Mädchen – ach, du mußt mir einfach glauben! – das versucht, sich interessant zu machen und deiner Kunst den Rang abzulaufen.«

»Meine liebe Freundin«, erwiderte er, hatte den Arm um sie gelegt und wiegte sie wie ein Kind, »wenn all dies so...«

»Ach, Dad-da, ich fürchte, es ist wirklich so.«

»Nun, dann hast du meine ganze erbärmliche Kunst weit hinter dir gelassen.«

Dies ist die Geschichte, die Amy am Morgen erzählte, nachdem sie allein ins *Cort Theatre* gegangen war und inmitten von schluchzenden und untröstlichen Zuschauern die berühmte New Yorker Inszenierung vom *Tagebuch der Anne Frank* angesehen hatte. Dies ist die Geschichte, von der die sechsundzwanzigjährige junge Frau mit dem auffallenden Gesicht, dem becircenden Akzent, dem trefflichen Prosastil und einer –

laut Lonoff – geradezu Lonoff'schen Geduld erwartete, daß er sie ihr abnahm.

Nach dem Kriege sei Amy Bellette aus ihr geworden. Sie hatte den neuen Namen nicht angenommen, um zu verheimlichen, wer sie in Wirklichkeit war – das war noch nicht nötig gewesen – sondern, wie sie damals meinte, um ihr Leben zu vergessen. Wochenlang hatte sie im Koma gelegen, zuerst in den vor Schmutz starrenden Baracken zusammen mit den anderen dahinsiechenden und verhungernden Häftlingen, und dann in dem unsauberen improvisierten ›Krankenrevier‹. Ein Dutzend sterbender Kinder war von der SS zusammengetrieben und in einen Raum mit zwölf Betten unter Wolldecken gesteckt worden, um mit solchen Annehmlichkeiten des Konzentrationslager-Daseins Eindruck auf die Alliierten zu machen, die auf Belsen vorrückten. Diejenigen der zwölf, die beim Eintreffen der Engländer noch gelebt hatten, waren in ein britisches Feldlazarett verlegt worden. Dort war sie dann schließlich wieder zu sich gekommen. Manchmal verstand sie weniger und manchmal mehr von dem, was die Krankenschwestern ihr erklärten, doch sie wollte nicht sprechen. Stattdessen suchte sie, ohne zu heulen und ohne zu halluzinieren, nach einer Möglichkeit zu glauben, daß sie sich irgendwo in Deutschland befand, noch keine sechzehn war und ihre Angehörigen nicht mehr lebten. Das waren die Tatsachen; jetzt galt es, mit ihnen fertigzuwerden.

›Little Beauty‹ nannten die Schwestern sie – ein verschlossenes, schweigsames, dunkles ausgemergeltes Mädchen – und so hatte sie ihnen eines Morgens, als sie bereit war zu reden, erzählt, mit Nachnamen heiße sie Bellette. Den Vornamen ›Amy‹ hatte sie aus einem amerikanischen Buch, über das sie als Kind heiße Tränen vergossen hatte, *Little Women*. Während ihres langen Schweigens hatte sie den Entschluß gefaßt, jetzt, wo sie in Amsterdam keinen Menschen mehr hatte, bei dem sie hätte leben können, in Amerika aufzuwachsen. Nach Belsen, so dachte sie, sei es wohl das beste, einen Ozean von der Größe des Atlantik zwischen sich und dem zu legen, was sie vergessen mußte und wollte.

Daß ihr Vater doch mit dem Leben davongekommen war, erfuhr sie, als sie im Wartezimmer des Familienzahnarztes der Lonoffs in Stockbridge saß und wartete. Drei Jahre war sie bei Pflegefamilien in England untergebracht gewesen und hatte nahezu ihr ganzes erstes Studienjahr am Athene College hinter sich, als sie eine alte Ausgabe vom *Time-Magazine* von dem Stapel im Wartezimmer zur Hand nahm und beim Blättern auf das Photo eines jüdischen Geschäftsmannes namens Otto Frank stieß. Im Juli 1942, rund zwei Jahre nach Beginn der Besetzung durch die Nazis, hatte er sich gemeinsam mit seiner Frau und seinen beiden jungen Töchtern in einem Versteck verkrochen. Zusammen mit einer weiteren jüdischen Familie hatten die Franks vierundzwanzig Monate hindurch unbehelligt in einem nach hinten hinausgehenden oberen Stockwerk jenes Amsterdamer Hauses gelebt, in dem er seine Geschäftsräume gehabt hatte. Dann, im August 1944, war ihr Schlupfwinkel offenbar von einem der Arbeiter im Lager unter ihnen verraten und von der Polizei ausgehoben worden. Von den acht Personen, die gemeinsam in dem hermetisch verriegelten Speicher gelebt, hatte nur Otto Frank die Konzentrationslager überstanden. Als er nach Kriegsende nach Amsterdam zurückgekehrt war, hatte die holländische Familie, die ihre Beschützer gewesen waren, ihm die Hefte übergeben, die seine jüngere Tochter, welche mit fünfzehn Jahren in Belsen umgekommen war, dort verborgen hatte: ein Tagebuch, ein paar Kontobücher, die sie vollgeschrieben hatte, und ein Stoß Papier, das aus einer Schultasche herausgeschüttet worden war, als die Nazis den Schlupfwinkel nach Wertsachen durchsucht hatten. Zunächst hatte Frank das Tagebuch nur als Privatdruck zirkulieren lassen, doch 1947 war es dann unter dem Titel *Het Achterhuis* – ›Das Hinterhaus‹ – in einer regulären Ausgabe veröffentlicht worden. Die holländischen Leser, hieß es in *Time-Magazine,* seien ganz aufgewühlt von diesem Zeugnis darüber, wie die gejagten Juden trotz ihrer Entbehrungen und trotz der Angst vorm Entdecktwerden versucht hatten, weiterhin das Leben gebildeter und kultivierter Menschen zu führen.

Neben dem Artikel – *Die Leiden eines Überlebenden* – war ein Foto vom Vater der Tagebuchschreiberin, »der heute sechzig Jahre alt ist«. Allein in Hut und Mantel stand er vor dem Haus an der Prinsengracht, wo seine umgekommene Familie ihr improvisiertes letztes Zuhause aufgeschlagen hatte.

Dann kam jener Teil ihrer Geschichte, der Lonoff unwahrscheinlich vorkommen mußte. Sie selbst jedoch konnte es keineswegs so merkwürdig finden, daß man sie für tot hielt, obwohl sie in Wirklichkeit doch lebte; niemand, der das Chaos jener letzten Monate erlebt hatte – alliierte Bombenangriffe überall, die SS auf der Flucht – würde das als unwahrscheinlich bezeichnen. Wer immer behauptete, ihre Leiche in Belsen gesehen zu haben, hatte sie entweder mit ihrer älteren Schwester Margot verwechselt, oder angenommen, sie sei tot, nachdem er sie solange im Koma hatte liegen sehen oder beobachtet hatte, wie sie, so gut wie tot, von den Kapos fortgekarrt worden war.

»Belsen war das dritte Lager«, erzählte Amy ihm. »Zuerst wurden wir nach Westerbork, nördlich von Amsterdam, gebracht. Dort gab es andere Kinder, mit denen man reden konnte; wir waren wieder im Freien – abgesehen davon, daß wir in ständiger Angst lebten, war es wirklich nicht so schlimm. Daddy war im Männerlager untergebracht, aber als ich krank wurde, schaffte er es irgendwie, während der Nacht ins Frauenlager herüberzukommen, an meinem Bett zu sitzen und mir die Hand zu halten. In Westerbork blieben wir einen Monat, dann wurden wir nach Auschwitz verladen. Drei Tage und drei Nächte in den Güterwagen. Dann machten sie die Tür auf, und das war das letzte, was ich von ihm sah. Die Männer wurden in eine Richtung getrieben, wir in eine andere. Das war Anfang September. Meine Mutter habe ich Ende Oktober das letztemal gesehen. Sie konnte kaum mehr sprechen. Als Margot und ich von Auschwitz weggebracht wurden, weiß ich nicht einmal, ob sie das erfahren hat.«

Sie erzählte ihm von Belsen. Diejenigen, welche die Viehwaggons überlebt hatten, waren zuerst in Zelten auf der Heide untergebracht worden. In Lumpen gehüllt, schliefen sie auf dem nackten Erdboden. Tage vergingen, ohne daß sie Verpflegung oder frisches Wasser bekamen, und nachdem die Herbststürme die Zelte aus ihren Verankerungen gerissen hatten, schliefen sie, dem Wind und Regen preisgegeben. Als sie dann zuletzt in Baracken verlegt wurden, sahen sie jenseits des Lagerzauns Gräben, bis obenhin gefüllt mit Leichen – den Leuten, die draußen auf der Heide an Typhus und Unterernährung zugrundegegangen waren. Als der Winter einsetzte, schien es, als ob jeder, der noch am Leben war, entweder krank oder halb verrückt geworden sei. Und dann, nachdem sie miterlebt hatte, wie ihre Schwester langsam starb, war sie selber krank geworden. Nach Margots Tod konnte sie sich kaum an die Frauen in der Baracke erinnern, die ihr geholfen hatten, und wußte nicht, was aus ihnen geworden war.

Es war auch nicht so unwahrscheinlich, daß sie nach ihrer langen Genesungszeit im Lazarett nicht jene Adresse in der Schweiz aufgesucht hatte, wo sie sich, wie unter den Franks verabredet, hatten treffen wollen, falls sie auseinandergerissen würden. Unternahm denn ein schwaches sechzehnjähriges Mädchen eine Reise, zu der sie Geld und Visum – ja, zu der sie Hoffnung brauchte – nur, um am anderen Ende zu erfahren, daß sie tatsächlich so verloren und allein war, wie sie befürchtete?

Nein, nein, das einzig Unwahrscheinliche sei folgendes: daß sie, statt in der Redaktion von *Time-Magazine* anzurufen und zu sagen: »Ich bin die Tagebuchschreiberin – sucht Otto Frank!« sie in ihrem Notizbuch das Datum notiert, welches auf dem Umschlag der Zeitschrift stand, und dann, nachdem ihr Zahn gefüllt worden war, ihre Bücher genommen hatte und in die Bibliothek gegangen war. Was unwahrscheinlich war – unerklärlich, nicht zu rechtfertigen und ihr Gewissen noch heute quälte – war, daß sie, ruhig und fleißig wie immer, im *New York Times Index* und im *Reader's Guide to Periodical Literature* unter ›Frank, Anne‹ und ›Frank, Otto‹ sowie unter *Het Achterhuis* nachschlug und, als sie nichts fand, zu den weiter unten gelegenen Magazinen der Bibliothek hinunterstieg, wo die Regale mit den Zeitschriften standen. Dort verbrachte sie die ihr noch verbliebene Stunde vorm Abendessen damit, den Artikel im *Time-Magazine* noch einmal durchzulesen. Sie las ihn, bis sie ihn auswendig wußte. Sie vertiefte sich in das Bild ihres Vaters. Sechzig jetzt. Und das waren die Worte, die es auslösten – sie wieder zu seiner Tochter machten, die ihm auf dem Speicher die Haare schnitt, seiner Tochter, die er unterrichtete, seiner Tochter, die zu ihm ins Bett kroch und sich unter der Decke an ihn klammerte, wenn sie hörte, wie die Bomber der Alliierten über Amsterdam hinwegflogen: plötzlich war sie die Tochter, für die er all das zu sein versuchte, was sie nicht mehr haben konnte. Sie weinte sehr lange. Doch als sie zum Abendessen ins Studentenheim ging, tat sie, als sei der Anne von Otto Frank nicht neuerlich wieder Furchtbares widerfahren. Aber dann nahm sie sich gleich von Anfang an vor, nicht über das zu reden, was sie durchgemacht hatte. Entschlossenheit war ihre Stärke gewesen, als sie als junges Mädchen ganz auf sich allein gestellt gewesen war. Wie sonst hätte sie durchhalten können? Einer der tausend Gründe, warum sie Onkel Daniel, den ersten ihrer Stiefväter in England, nicht hatte ertragen können, war, daß dieser früher oder später jedem, der ins Haus kam, erzählte, was Amy während des Krieges alles durchgemacht hatte. Und dann war da Miss Giddings gewesen, die junge Lehrerin in der Schule nördlich von London, welche die verwaiste kleine Jüdin in der Geschichtsstunde immer mit liebevoll-besorgten Blikken bedacht hatte. Eines Tages nach Schulschluß hatte Miss Giddings sie auf ein Stück Zitronentorte in einen

Tea-Room eingeladen und ihr Fragen nach dem Konzentrationslager gestellt. Ihre Augen hatten sich mit Tränen gefüllt, als Amy, die sich verpflichtet fühlte zu antworten, all das bestätigte, wovon sie, Miss Giddings, gehört hatte und was sie nie so recht hatte glauben wollen. »Entsetzlich«, sagte Miss Giddings, »wie entsetzlich!« Amy trank schweigend ihren Tee und verzehrte ihre köstliche Torte, während Miss Giddings genau wie eine ihrer Schülerinnen im Geschichtsunterricht vergeblich versuchte, die Vergangenheit zu verstehen. »Wie kommt es nur«, fragte die unglückliche Lehrerin schließlich, »daß die Menschen die Juden jahrhundertelang gehaßt haben?« Amy stand auf. Sie war wie vor den Kopf geschlagen. »Nicht mich sollten Sie das fragen«, sagte sie. »Fragen Sie die Wahnsinnigen, die uns hassen!« Woraufhin sie mit Miss Giddings als Freundin – oder jedem sonst, der sie nach Dingen fragte, die er einfach nicht begreifen konnte – nichts mehr zu tun hatte.

Eines Samstags, nur wenige Monate nach ihrer Ankunft in England, schwor sie sich, daß sie, wenn sie noch einmal traurig-klagend den Namen ›Belsen‹ aus dem Mund von Onkel Daniel hörte, nach Southampton durchbrennen und sich als blinder Passagier auf einem amerikanischen Schiff verstecken würde; und nachdem sie die Nase vollgehabt hatte von jener eingebildeten Art von Mitleid, wie reinrassige englische Lehrerinnen sie in der Schule anboten, versengte sie sich beim Bügeln einer Bluse den Unterarm. Auf ihre Schreie hin kamen die Nachbarn herbeigelaufen und schafften sie Hals über Kopf in die Notaufnahme des Krankenhauses. Als der Verband abgenommen wurde, trug sie statt ihrer eintätowierten Lagernummer einen Flecken violetten Narbengewebes auf dem Arm, halb so groß wie ein Ei.

Nach diesem Zwischenfall, wie ihre Pflegeeltern es nannten, teilte Onkel Daniel der Jüdischen Wohlfahrtsorganisation mit, der Gesundheitszustand seiner Frau mache es ihnen unmöglich, Amy weiterhin bei sich leben zu lassen. Das Pflegekind kam zu einer anderen Familie – und dann zu einer dritten. Wer immer sie danach fragte, dem erzählte sie, sie sei zusammen mit einer Gruppe jüdischer Schulkinder eine Woche vorm Einmarsch der Nazis aus Holland evakuiert worden. Manchmal sagte sie nicht einmal, daß es sich um *jüdische* Schulkinder gehandelt hätte, eine Unterlassung, um deretwillen man ihr vonseiten der jüdischen Familien sanfte Vorwürfe machte; denn diese hatten schließlich die Verantwortung für sie übernommen und kamen nicht damit zurecht, daß sie log. Doch sie konnte es nun mal nicht ertragen, daß alle ihr wegen Auschwitz und Belsen hilfreich die Hand auf die Schulter legten. Wenn man sie für etwas Außergewöhnliches hielt, dann sollte es nicht wegen Auschwitz und Belsen sein, sondern wegen dem, was sie seither aus sich gemacht hatte.

Es waren freundliche und rücksichtsvolle Menschen, und sie versuchten ihr begreiflich zu machen, daß ihr in England keine Gefahr mehr drohe. »Du brauchst in keiner Weise Angst zu haben oder dich bedroht zu fühlen«, versicherten sie ihr. »Und dich wegen nichts zu schämen.« – »Ich schäme mich nicht. Darum geht es doch gerade.« – »Nun, darum geht es nicht immer, wenn junge Leute versuchen, ihre jüdische Herkunft zu verheimlichen.« – »Vielleicht ist das bei den anderen so«, sagte sie zu ihnen, »aber bei mir nicht.«

Am Samstag, nachdem sie ihres Vaters Bild im *Time-Magazine* entdeckt hatte, nahm sie den Vormittagsbus nach Boston und suchte in jeder Buchhandlung für fremdprachige Literatur vergeblich nach einer Ausgabe von *Het Achterhuis*. Vierzehn Tage später unternahm sie ein zweites Mal die drei Stunden lange Fahrt nach Boston, diesmal, um in der Hauptpost ein Postfach zu mieten. Sie zahlte in bar dafür und schickte dann den Brief, den sie in ihrer Handtasche bei sich trug, zusammen mit einem Scheck über fünfzehn Dollar an den Verlag *Contact Publishers* in Amsterdam und bat, daß man ihr per Adresse *Pilgrim International Bookshop,* P.O. 152, Boston, Mass., U.S.A. soviele Exemplare von *Het Achterhuis* von Anne Frank schickte, wie man für fünfzehn Dollar abzüglich der Postgebühren bekam.

Rund vier Jahre lang war sie tot für ihn gewesen; wenn er sie jetzt noch ein oder zwei weitere Monate für tot hielt, würde das nicht wesentlich schmerzlicher für ihn sein. Sonderbarerweise schmerzte es sie selbst auch nicht mehr, außer vielleicht nachts im Bett, wenn sie weinte und um Verzeihung flehte für die Herzlosigkeit ihrem vollkommenen Vater gegenüber, der jetzt sechzig Jahre alt war.

Fast drei Monate, nachdem sie die Bestellung an ihren Amsterdamer Verleger abgeschickt hatte, traf an einem warmen, sonnigen Tag Anfang August ein Paket für den *Pilgrim International Bookshop* ein, das viel zu groß war für das Postfach und das jetzt in Boston abgeholt werden konnte. Sie hatte einen beigen Leinenrock und eine frische Baumwollbluse an, die sie beide am Abend zuvor gebügelt hatte. Das Haar, das sie seit dem Frühjahr im Pagenschnitt trug, hatte sie sich am Tag zuvor waschen und legen lassen, und ihre Haut war gleichmäßig gebräunt. Sie schwamm jeden Morgen anderthalb Kilometer, spielte jeden Nachmittag Tennis und war, alles in allem, so fit und energiegeladen, wie eine Zwanzigjährige nur sein konnte. Vielleicht war das der Grund, warum sie, als der Postbeamte ihr das Paket aushändigte, die Verschnürung nicht mit den Zähnen aufriß oder ohnmächtig auf den Marmorfußboden hinsank. Stattdessen ging sie zu Fuß hinüber zum Park – wobei sie mit dem Paket schlenkerte, das ihr aus Holland geschickt worden war – und suchte, bis sie eine freie Bank fand. Erst setzte sie sich auf eine im Schatten liegende Bank, doch dann stand sie wieder auf und ging solange weiter, bis sie einen geeigneten Platz in der Sonne fand.

Nachdem sie die holländischen Briefmarken eingehend betrachtet hatte – es waren Nachkriegsbriefmarken, neu für sie – und lange über den Poststempel nachgesonnen hatte, machte sie sich daran, das Paket so sorgfältig wie möglich aufzuschnüren. Es handelte sich um einen geradezu absurden Beweis für ihre unerschütterliche Geduld, und darum ging es ihr auch. Ein Triumphgefühl erfüllte sie, und gleichzeitig schwindelte ihr der Kopf. Zurückhaltung, dachte sie, Geduld! Ohne Geduld kein Leben. Als sie endlich die Schnur aufgewickelt und, ohne die verschiedenen Lagen des kräftigen braunen Packpapiers einzureißen, dieses auseinandergenommen hatte, wollte es ihr vorkommen, als sei dasjenige, was sie so sorgsam ausgewickelt und sich auf ihren sauberen und hübschen beigen amerikanischen Leinenrock gelegt hatte, ihr Überleben selbst.

Van Anne Frank. Ihr Buch. Ihres.

Sie hatte mit dem Tagebuchschreiben angefangen drei Wochen, ehe Pim ihr sagte, sie müßten untertauchen. Bis ihr die Seiten ausgingen und sie in Kontobüchern weiterschreiben mußte, hatte sie ihre Eintragungen in ein gebundenes Heft gemacht, das sie zu ihrem dreizehnten Geburtstag bekommen hatte. Sie erinnerte sich zwar immer noch an das meiste von dem, was sie im *Achterhuis* erlebt hatte, an manches davon sogar bis in die kleinsten Einzelheiten, doch von den fünfzigtausend Wörtern, mit denen sie alles festgehalten hatte, konnte sie sich an keines erinnern, es je geschrieben zu haben. Genausowenig konnte sie sich an das erinnern, was sie darin ihrer nur in ihrer Phantasie existierenden *Confidante,* Kitty, über ihre persönlichen Probleme anvertraut hatte – ganze Seiten dessen, was sie durchgemacht, waren für sie genauso neu und fremd wie ihre Muttersprache.

Vielleicht lag das daran, daß *Het Achterhuis* das erste holländische Buch war, das sie las, seit sie dieses geschrieben hatte; jedenfalls galt ihr erster Gedanke, nachdem sie fertig war, ihren kleinen Freundinnen in Amsterdam, ihren Mitschülerinnen in der Montessorischule, in der sie Lesen und Schreiben gelernt hatte. Sie versuchte, sich an die Namen der christlichen Kinder zu erinnern, die den Krieg wohl überstanden hatten. Sie versuchte, sich der Namen ihrer Lehrer zu entsinnen, und ging zurück bis in ihre Kindergartenzeit. Sie stellte sich die Gesichter der Ladenbesitzer vor, des Postboten, des Milchmanns, die sie als Kind gekannt hatten. Sie vergegenwärtigte sich ihre Nachbarn in den Häusern an der Merwedeplein. Und nachdem sie das getan hatte, sah sie jeden einzelnen von ihnen das Buch zuklappen und sich sinnend fragen: Wer hätte gedacht, daß sie so begabt war? Wer hätte gedacht, daß wir eine Schriftstellerin unter uns hatten?

Die erste Passage, die sie zum zweitenmal las, trug

ein Datum, das über ein Jahr vor der Geburt von Amy Bellette lag. Beim ersten Lesen hatte sie sich an dieser Seite ein Eselsohr gemacht; nach der zweiten Lektüre zog sie mit einem Kugelschreiber, den sie aus ihrer Handtasche hervorkramte, am Rand eine dunkle, bedeutungsvolle Linie und schrieb – auf englisch, versteht sich – ›unheimlich‹ daneben. (Alles, was sie anstrich, strich sie für ihn an, oder machte die Anmerkung mit seinen Augen, gleichsam als wäre sie tatsächlich er.) *Ich habe die merkwürdige Angewohnheit, mich manchmal wie mit den Augen eines anderen zu sehen. Dann betrachte ich die Angelegenheiten einer gewissen ›Anne‹ in aller Ruhe und blättere in den Seiten ihres Lebens, als ob sie eine Fremde wäre. Ehe wir hierherkamen, als ich über die Dinge noch nicht soviel nachdachte wie jetzt, hatte ich bisweilen das Gefühl, als gehörte ich gar nicht zu Mansa, Pim und Margot, und als wäre ich immer ein wenig eine Außenseiterin. Manchmal tat ich so, als wäre ich ein Waisenkind...*

Dann las sie das ganze noch einmal von Anfang an und machte am Rand jedesmal dann eine kleine Anmerkung – und verzog dabei ein wenig das Gesicht – wenn sie auf etwas stieß, von dem sie sicher war, daß er es als nur ›schmückend‹, ›ungenau‹ oder ›unklar‹ bezeichnen würde. Doch zumeist strich sie Stellen an, von denen sie nicht glauben konnte, daß sie sie geschrieben hatte, als sie kaum mehr als ein Kind gewesen war. Ach, welche Beredsamkeit, Anne – eine Gänsehaut überlief sie, als sie hier in Boston ihren Namen flüsterte – welche Wortgewandtheit, welcher Witz! Wie schön, dachte sie, wenn ich so für Mr. Lonoffs Kurs *Englisch 12* schreiben könnte. »Das ist gut«, hörte sie ihn sagen, »es ist das beste, was Sie jemals gemacht haben, Miss Bellette.«

Aber natürlich – sie hatte ja auch ein ›großes Thema‹ gehabt, wie die Mädchen in ihrem Englischseminar sagten. Wie nahe ihre Familie jenen Familien verbunden war, die überall litten, war ihr von Anfang an klar gewesen. *Es bleibt uns nichts anderes übrig, als ruhig und gefaßt das Ende dieser Notzeit abzuwarten. Die Juden warten, die Christen warten, die Völker und die ganze Welt; und... viele warten auf den Tod.* Doch als sie diese Zeilen geschrieben (»Stilles, sehr tief anrührendes Gefühl – so ist es recht. E. I. L.«), hatte sie sich nicht irgendwelchen großartigen Illusionen hingegeben, daß das kleine Achterhuis-Tagebuch jemals zu den Zeugnissen des Grauens zählen würde. Es hatte niemand anders erbauen sollen als sie selber – aus ihren großen Erwartungen heraus – wenn sie festhielt, wie zermürbend das alles war. Es aufzeichnen, hieß: es ertragen; das Tagebuch leistete ihr Gesellschaft und sorgte dafür, daß sie nicht den Verstand verlor, und jedesmal, wenn sie meinte, das Kind ihrer Eltern sei nicht minder verletzend als der Krieg, ging sie hin und vertraute dem Tagebuch ihre geheimsten Gedanken an. Nur Kitty gegenüber konnte sie rückhaltlos darüber sprechen, wie hoffnungslos es sei, ihre Mutter jemals so zufriedenzustellen, wie Margot; nur Kitty gegenüber konnte sie offen darüber klagen, es einfach nicht fertigzubringen, ihre Mutter laut ›Mumsie‹ zu nennen – und die Tiefe ihres Gefühls für Pim eingestehen, einen Vater, von dem sie nichts mehr wünschte, als daß er sie und sie allein liebe, unter Ausschluß aller anderen – *nicht nur als sein Kind* liebe, *sondern um ihrer selbst willen – als Anne.*

Selbstverständlich mußte jedem Kind, das *so verrückt war auf Bücher und aufs Lesen,* früher oder später aufgehen, daß sie dabei war, selber ein Buch zu schreiben. Doch zumeist war es ihr Lebensmut, den sie mit ihren vierzehn Jahren nährte, und kein literarischer Ehrgeiz. Daß sie Schriftstellerin wurde, verdankte sie nicht dem Entschluß, sich jeden Tag hinzusetzen und sich zu bemühen, eine aus der Zunft der Schreibenden zu werden, sondern ihrem alles erdrückenden Leben. Das vor allem anderen schien ihre Begabung genährt zu haben. Wahrhaftig, ohne den Schrecken und die Angst des Eingeschlossenseins im Achterhuis, als *Klatschbase,* von Freundinnen umgeben und sich *ausschüttend vor Lachen,* frei, zu kommen und zu gehen, frei, den Clown zu spielen, frei, jedem einzelnen ihrer Wünsche nachzugehen – hätte sie da jemals so gewandte, so überzeugende und so geistreiche Sätze geschrieben? Sie dachte: Vielleicht ist das Problem im Kurs *Englisch 12* nicht so sehr das Fehlen eines großen Themas, als vielmehr das Vorhandensein des Sees, der Tennisplätze und des dichten Waldes. Die herrliche Bräunung der Haut, die Leinenröcke, der wachsende Ruf eine Pallas Athene vom Athene College zu sein – vielleicht ist es das, was mich so fertigmacht. Wer weiß, wenn ich wieder irgendwo in einem Zimmer eingeschlossen wäre, von verschimmelten Kartoffeln leben müßte und mit Lumpen bekleidet wäre, angstschlotternd und von Sinnen, vielleicht könnte ich dann eine anständige Story für Mr. Lonoff schreiben.

Vielleicht hatte sie nur in der Euphorie des *Invasionsfiebers,* nur bei der Aussicht auf die Landung der Alliierten, den deutschen Zusammenbruch und das Heraufziehen jenes Goldenen Zeitalters, das im Achterhuis die *Zeit nach dem Krieg* genannt wurde, Kitty anvertrauen können, daß ihr Tagebuch wohl mehr getan habe, als nur die Einsamkeit der Heranwachsenden in ihr zu lindern. Nach zwei Jahren strenger Arbeit an ihrer Sprache fühlte sie sich gerüstet für das große Unternehmen: *Mein Lieblingswunsch ist, eines Tages Journalistin und später eine berühmte Schriftstellerin zu werden.* Doch das war im Mai 1944 gewesen, zu einer Zeit also, da die Vorstellung, irgendwann einmal berühmt zu sein, ihr weder außergewöhnlicher noch weniger außergewöhnlich hatte vorkommen wollen als die Vorstellung, im September wieder zur Schule zu gehen. Ach, dieser Mai der wunderbaren Erwartungen! Nie wieder einen Winter im Achterhuis! Noch einen Winter, und sie hätte den Verstand verloren!

Das erste Jahr war gar nicht mal so schlimm gewesen; sie alle hatten damit zu tun gehabt, sich einzurichten, so daß sie gar keine Zeit gehabt hatte, Verzweiflung in sich aufkommen zu lassen. In der Tat waren sie alle so vollauf damit beschäftigt gewesen, den Speicher in eine *superpraktische* Wohnung zu verwandeln, daß ihr Vater alle bewogen hatte, sich einverstanden zu erklären, den vorhandenen Raum noch einmal zu unterteilen und einen weiteren Juden bei sich aufzunehmen. Doch nachdem die Bombenangriffe der Alliierten angefangen hatten, war die superpraktische Wohnung zu einer Folterkammer geworden. Tagsüber zankten die beiden Familien sich über alles und jedes, und nachts konnten sie dann nicht schlafen, überzeugt, daß die Gestapo bei Nacht kommen und sie abführen würde. Im Bett kamen ihr dann schreckenerregende Bilder von ihrer Schulfreundin Lies, die ihr Vorwürfe machte, in Amsterdam sicher und geborgen in einem Bett zu liegen und nicht in einem KZ zu sein wie alle ihre jüdischen Freundinnen: *»Ach, Anne, warum hast du mich verlassen? Hilf mir doch! Rette mich aus dieser Hölle!«* Dann sah sie sich *in einem Verlies, ohne Papi und Mammi* – und noch schlimmeres. Bis zuletzt, bis in die allerletzten Stunden im Jahre 1943 hinein, gab sie sich ihren Träumereien hin und dachte sich *die gräßlichsten Dinge* aus. Doch dann war plötzlich alles vorbei. Wie durch ein Wunder. »Und wie ist es dazu gekommen, Professor Lonoff? Sehen Sie sich *Anna Karenina* an. Sehen Sie sich *Madame Bovary* an. Sehen Sie sich die halbe abendländische Literatur an.« Das Wunder: Verlangen. Im September würde sie wieder in die Schule gehen, aber nicht als dasselbe Mädchen in ihre Klasse zurückkehren. Sie war kein Mädchen mehr. Tränen liefen ihr über die Wangen bei dem Gedanken an eine nackte Frau. Ihre unangenehmen Perioden wurden zu einem Quell des seltsamsten Vergnügens. Nachts im Bett wurde sie von ihren Brüsten erregt. Bloß diese Empfindungen – und schon wurden ihre dunklen Ahnungen von einem elendigen Tod verdrängt von einer wahnsinnigen Lebensgier. Hatte sie sich an einem Tag ganz davon erholt, war sie am nächsten Tag selbstverständlich wieder verliebt gewesen. Ihre Leiden hatten sie zu einer Frau gemacht, und das mit vierzehn Jahren. Sie fing an, heimlich und allein dem abgetrennten Winkel des obersten Stockwerks Besuche abzustatten, der ausschließlich Peter gehörte, dem siebzehnjährigen Sohn der Van Daans. Daß sie ihn Margot wegnehmen könnte, hinderte sie nicht daran, und ihre entsetzten Eltern taten es auch nicht; zuerst bloß Besuche zur Teezeit, später die abendlichen Verabredungen – dann der trotzige Brief an den enttäuschten Vater. Am dritten Tag dieses wundervollen Mai: *Ich bin jung und habe gewiß noch so manche verborgenen Eigenschaften, ich bin jung und stark und erlebte bewußt dies große Abenteuer.* Und zwei Tage später an den Vater, der sie vor der Hölle bewahrt, die Lies verschlungen hatte, an den Pim, dessen Liebling sie immer hatte sein wollen, eine Erklärung ihrer Unabhängigkeit *an Körper und Geist,* wie sie es unverblümt ausdrückte: *Ich habe es nicht von einem zum anderen Tag fertiggebracht, daß ich so ganz alleine, so gänzlich ohne Mutter oder Stütze von jemand anderem leben kann... und ich fühle mich Euch gegenüber absolut nicht verantwortlich... Für meine Handlungen trage ich allein die Verantwortung.*

Nun, die Kraft einer selbständigen Frau war nicht alles, was sie sich davon erhofft hatte. Und die Kraft eines liebenden Vaters auch nicht. Er sagte ihr, das sei der häßlichste Brief, den er je erhalten habe, und als sie vor Scham darüber, *mehr als gemein* gewesen zu sein, in Tränen ausbrach, weinte er zusammen mit ihr. Er warf den Brief in den Ofen, die Wochen vergingen, und nach und nach fing sie an, Peter illusionslos zu sehen. Ja, im Juli fragte sie sich, wie es unter den Umständen, in denen sie lebten, überhaupt möglich sei, *ihn abzuschütteln,* ein Problem, das an einem sonnigen Freitag im August für sie gelöst wurde, als mitten am Vormittag, während Pim Peter bei den Englischaufgaben half und sie alleine war, um zu lernen, die Grüne Polizei kam und den heimlichen Haushalt für immer auflöste, den Haushalt, in dem noch Wert gelegt worden war auf Anstand und Gehorsam, Takt, Weiterbildung und Achtung vor dem anderen. Als Familie waren die Franks am Ende angelangt – desgleichen höchst passend, wie die Tagebuchschreiberin dachte, auch die

Chronik ihres Bemühens, trotz allem vernünftig und sich selbst getreu weiterzumachen.

Zum dritten Mal las sie das Buch an diesem Abend auf der Fahrt zurück nach Stockbridge durch. Ob sie wohl jemals wieder ein anderes Buch lesen würde? Was, wenn sie dieses eine nicht aus der Hand legen konnte? Im Bus erging sie sich in höchst unbescheidenen Spekulationen über das, was sie geschrieben – was sie ›gestaltet‹ hatte. Vielleicht war das, was sie nicht zur Ruhe kommen ließ, der grollende, endlose, elektrisch geladene indigoblaue Himmel, der dem Bus seit Boston über die Autobahn gefolgt war: vorm Fenster die bizarrsten, El Grecohaften Bühneneffekte, draußen ein biblisches Gewitter mit barocken Zutaten, und drinnen Amy, die Beine hochgezogen und ihr Buch auf den Knien, und dazu die immer noch andauernde Großartigkeit, welche sie heute nachmittag im Übermaß vor den echten El Grecos im Bostoner *Museum of Fine Arts* in sich aufgesogen hatte. Außerdem war sie erschöpft, was sie freilich nicht daran hinderte, phantastischen Gedanken nachzuhängen. Immer noch verzaubert von den ersten beiden Malen, da sie *Het Achterhuis* durchgelesen, war sie weitergeeilt ins *Gardner-* und ins *Fogg-Museum,* wo dem von sich selbst berauschten Mädchen mit der tiefgebräunten Haut und dem lebhaften Gang zu allem Überfluß ausgerechnet heute mindestens ein Dutzend Studenten der Harvarder Sommerkurse gefolgt waren, die unbedingt hatten wissen wollen, wie sie hieß. Drei Museen, weil sie zu Hause in Athene jedem mehr oder weniger die Wahrheit über ihren »großen« Tag in Boston erzählen wollte. Sie hatte sich vorgenommen, Mr. Lonoff ausführlich von all den neuen Ausstellungen zu berichten, die sie sich auf Anraten seiner Frau angesehen hatte.

Das Gewitter, die Bilder, ihre Erschöpfung – nichts von alledem war jedoch wirklich nötig, die Art von Erwartungen in ihr zu wecken, die nach der dreimaligen Lektüre ihres Tagebuchs an ein und demselben Tag in ihr entstanden waren. Ein gerüttelt Maß an Geltungsbedürfnis hätte dazu vermutlich schon genügt. Vielleicht war sie wirklich nichts anderes als eine sehr junge Schriftstellerin, die in einem Bus die Träume einer sehr jungen Schriftstellerin träumte.

Bei all ihren Überlegungen und Phantastereien über die heilige Sendung, die ihr Buch zu erfüllen hatte, ging sie von folgendem aus: weder sie noch ihre Eltern konnten in dem Tagebuch als repräsentativ gelten für fromme und sich an die Gebote ihrer Religion haltende Juden. Ihre Mutter hatte zwar am Freitag abend die Kerzen angezündet, doch das war auch schon alles gewesen. Was die Feiertage betrifft, so hatte sie den Nikolaustag, seit sie ihn in ihrem Versteck kennengelernt hatte, viel lustiger gefunden als das Chanukkafest, und sie hatte zusammen mit Pim alle möglichen reizenden

Geschenke gebastelt und sogar ein Nikolaus-Gedicht geschrieben, um die Feier ein bißchen aufzulockern. Als Pim sich dazu durchgerungen hatte, ihr zu diesem Fest eine Kinderbibel zu schenken, damit sie etwas über das Neue Testament erfahre, war Margot nicht damit einverstanden gewesen. Margot hatte den Ehrgeiz, Hebamme in Palästina zu werden. Sie war die einzige von ihnen, die sich ernsthaft mit der Religion beschäftigt zu haben schien. Das Tagebuch, das Margot führte, hätte man es jemals gefunden, wäre, was ihre Neugier über die jüdische Religion betraf oder ihre Absichten, ein jüdisches Leben zu führen, gewiß nicht so unergiebig ausgefallen wie das von Anne. Bei Margot konnte man sich ganz bestimmt nicht vorstellen, daß sie dachte und voller Sehnsucht in ihrem Tagebuch notierte: *Einmal werden wir auch wieder Menschen und nicht bloß Juden allein sein.*

Gewiß, sie hatte diese Worte geschrieben, als sie noch unter den Nachwirkungen eines nächtlichen Einbruchs gestanden hatte, der im Lager eine Etage unter ihnen verübt worden war. Es hatte für sie ganz danach ausgesehen, als ob dieser Einbruch ihre Entdeckung durch die Polizei beschleunigen müßte, und noch Tage hinterher hatten sie vor Angst gezittert.

Für sie selbst hatte sich, zusammen mit einem Rest an Furcht und einem fragwürdigen Gefühl der Erleichterung, auch noch eine mit Schuldgefühlen verbundene Verwirrung ergeben, als ihr aufging, daß sie, anders als

Lies, abermals davongekommen war. Im Nachhall dieser unheimlichen Nacht ging sie immer wieder umher und versuchte, den Sinn ihrer Verfolgung zu begreifen; und wenn sie eben noch darüber geschrieben hatte, welch ein Elend es sei, daß sie Juden und nichts als Juden für ihre Feinde seien, fragte sie sich im nächsten Augenblick eitel: *Wer weiß, vielleicht wird es noch* unser *Glaube sein, durch den die Welt und alle Völker das Gute lernen... Wir können nicht allein Niederländer, Engländer oder Vertreter welchen Landes auch sein,* rief sie Kitty in die Erinnerung, *wir sollen dabei immer Juden bleiben, und wir wollen es auch bleiben* – nur um diesen Streit mit einer Erklärung abzuschließen, auf die man in dem *Tagebuch der Margot Frank* niemals gestoßen wäre: *Aber nun, nachdem ich gerettet bin, ist mein erster Wunsch nach dem Krieg, Niederländerin zu werden! Ich liebe die Niederländer, liebe unser Land, ich liebe die Sprache und möchte hier arbeiten. Und wenn ich an die Königin selbst schreiben müßte, ich würde nicht weichen, ehe ich mein Ziel erreicht hätte.*

Nein, das war nicht Mutters Margot, die da redete, das war Vaters Anne. Nach London, um englisch zu lernen, nach Paris, um sich Kleider anzugucken und Kunstgeschichte zu studieren, nach Hollywood, um als eine gewisse ›Anne Franklin‹ Stars zu interviewen – während die aufopferungsvolle Margot in der Wüste Babies half, auf die Welt zu kommen. Richtig, während Margot an Gott und an einen eigenen Staat für die

Juden dachte, waren die einzigen Gottheiten, über die sie etwas gründlicher nachzudenken schien, in der griechischen und römischen Mythologie zu finden, mit der sie sich in ihrem Schlupfwinkel die ganze Zeit über beschäftigte und die sie liebte. Um der Wahrheit die Ehre zu geben, war das junge Mädchen in ihrem Tagebuch, verglichen mit Margot, nur vage jüdisch, worin sie denn auch ganz und gar die Tochter ihres Vaters war, der ihre Ängste des Nachts dadurch beschwichtigte, daß er ihr nicht aus der Bibel vorlas, sondern Goethe auf deutsch und Dickens auf englisch.

Doch das war es ja gerade – das war es, was ihrem Tagebuch die Kraft verlieh, den Alptraum für die Leser Wirklichkeit werden zu lassen. Von der weiten, hartherzigen und gleichgültigen Welt zu erwarten, daß sie sich etwas aus dem Kind eines frommen, bärtigen Vaters machte, der im Bannkreis von Rabbis und Ritualen lebte – das war reine Thorheit. Den gewöhnlichen Menschen ohne die Gabe, kleine und kleinste Unterschiede zu dulden, würde die schreckliche Lage dieser Familie kaum unter die Haut gehen. Gewöhnliche Menschen meinten vermutlich, daß sie das Unglück selbst heraufbeschworen hatten, da sie eigensinnig alles Moderne und Europäische – vom Christentum ganz zu schweigen – von sich gewiesen hatten. Die Familie von Otto Frank dagegen, das war etwas anderes! Wie sollte auch noch der abgestumpfteste unter den gewöhnlichen Menschen *nicht* sehen wollen, daß man all dies den Juden nur deshalb antat, *weil sie Juden waren;* wie sollte auch noch der allerbeschränkteste unter den Nichtjuden *nicht* begreifen, worum es ging, wenn er in *Het Aachterhuis* las, daß die Franks einmal jedes Jahr ein harmloses Chanukkalied sangen, ein paar hebräische Gebete sprachen, Kerzen anzündeten und Geschenke austauschten – eine Zeremonie, die rund zehn Minuten dauerte – und daß das alles war, um sie zu Feinden zu machen. Es brauchte nicht einmal das! Dazu brauchte es überhaupt nichts – das war ja das Entsetzliche. Und das war die Wahrheit. Und gerade darin lag die Kraft ihres Buches. Die Franks konnten sich ums Radio herum versammeln und Konzerten von Mozart, Brahms und Beethoven lauschen; sie konnten sich noch so sehr mit Goethe, Dickens und Schiller beschäftigen; sie konnten Abend für Abend im Adelskalender die Stammbäume sämtlicher europäischen königlichen Familien durchsehen, um passende Ehegatten für Prinzessin Elizabeth und Prinzessin Margaret Rose auszusuchen; Anne konnte in ihrem Tagebuch leidenschaftlich über ihre Liebe zu Königin Wilhelmina und über ihren Wunsch schreiben, daß Holland ihr Vaterland würde – das änderte überhaupt nichts. Europa gehörte nicht ihnen, und sie gehörten nicht zu Europa, nicht einmal ihre europäisierte Familie. Stattdessen lebten sie auf engstem Raum zusammengepfercht drei Stockwerke über einer hübschen Amsterdamer Gracht zusammen mit den Van Daans, nicht weniger isoliert und verachtet als irgendein Ghetto-Jude in Osteuropa. Erst Vertreibung, dann Gefangenschaft, und dann in Viehwaggons, in Lager und Verbrennungsöfen, Vernichtung. Und warum? Weil das jüdische Problem, das gelöst werden mußte, weil die Entarteten, vor deren Anstekkung gebildete Leute sich nicht länger bewahren konnten, sie selbst waren, Otto und Edith Frank und ihre Töchter Margot und Anne.

Das war die Lektion – zu dieser Überzeugung kam sie auf ihrer Heimfahrt – die zu lehren sie die Kraft hatte. Allerdings nur dann, wenn man glaubte, daß sie tot sei. Würde bekannt werden, daß *Het Achterhuis* das Werk einer noch lebenden Schriftstellerin war, dann würde es nichts weiter sein als das, was es war: das Tagebuch eines Teenagers über die schwierigen und mißlichen Jahre im Untergrund während der Besetzung Hollands durch die Deutschen, etwas, was Knaben und Mädchen nachts im Bett lesen konnten, zusammen mit den Abenteuern der Schweizer Familie Robinson. Tot hatte sie jedoch etwas mehr zu bieten als Unterhaltung für Zehn- bis Fünfzehnjährige; als Tote hatte sie, ohne es zu wollen oder zu versuchen, ein Buch geschrieben, das die Kraft eines Meisterwerks besaß, Menschen endlich die Augen zu öffnen.

Und wenn den Menschen zuletzt die Augen aufgegangen waren? Wenn sie erfahren hatten, was ihnen beizubringen sie die Kraft hatte, was dann? Würde Leiden dann eine neue Bedeutung für sie annehmen?

Konnte sie sie tatsächlich über die paar Stunden hinaus, die es brauchte, ihr Tagebuch durchzulesen, zu menschlichen Wesen machen? In ihrem Zimmer in Athene – nachdem sie die drei Exemplare von *Het Achterhuis* in ihrer Kommode versteckt hatte – dachte sie in größerer Ruhe über ihre zukünftigen Leser nach, als sie es gekonnt hatte, da sie während der rüttelnden Busfahrt durch den Sturm mit Blitz und Donner so getan hatte, als wäre sie eine von ihnen. Sie war schließlich nicht mehr die Fünfzehnjährige, die – während sie sich vor einem Holocaust verborgen hatte – zu Kitty hatte sagen können: *Ich glaube an das Gute im Menschen.* Ihre jugendlichen Ideale hatten in dem fensterlosen Güterwagen auf der Fahrt nach Westerbrok, zu den Baracken von Auschwitz und auf die Heide nach Belsen nicht weniger Schaden genommen als sie selber auch. Sie hatte es nicht fertiggebracht, die ganze Menschheit als das zu hassen, was sie war – was konnte sie anderes sein als das, was sie war? – aber sie hielt es auch nicht mehr für angebracht, ihr Loblied zu singen.

Was würde geschehen, wenn die Menschen endlich begriffen hatten? Die einzig realistische Antwort lautete: nichts. Irgend etwas anderes anzunehmen, hieß doch nur, einer Sehnsucht nachgeben, die selbst sie, die so sehr erfüllt war von Sehnsucht, inzwischen ein Recht hatte, infragezustellen. Ihr Dasein vor ihrem Vater geheimzuhalten, um dadurch der Menschheit zu helfen... nein, dazu war es jetzt zu spät. Die Menschheit zu bessern war deren Aufgabe, nicht ihre; sollte die Menschheit sich doch selber bessern, falls sie jemals den Wunsch danach verspürte; und wenn nicht, eben nicht. Ihre Verpflichtung galt – wenn überhaupt jemandem – den Toten, ihrer Schwester, ihrer Mutter, all den Schulkindern, die ihre Freundinnen gewesen waren. Das war Sinn und Zweck ihres Tagebuchs, darin bestand die ihr bestimmte Sendung; sie in gedruckter Form wieder Fleisch und Blut werden zu lassen... was immer sie auch davon haben mochten. Im Grunde war das, was sie wirklich wollte, eine Axt, nicht bedrucktes Papier. Im Treppenhaus, am Ende des Korridors in ihrem Studentenheim, hing eine gewaltige Axt mit einem großen Griff, falls einmal Feuer ausbrach. Wie jedoch stand es damit, falls einmal der Haß ausbrach – oder mörderische Wut? Oft genug starrte sie sie an, getraute sich freilich nie, sie von der Wand herunterzuholen. Außerdem, wenn sie sie einmal in der Hand hatte – wem sollte sie den Schädel damit spalten? Wen in Stockbridge konnte sie umbringen, um Rache zu nehmen für Totenschädel und Asche? Selbst, wenn sie damit umzugehen verstanden hätte? Nein, was ihr gegeben war, damit umzugehen, das war *Het Achterhuis, van Anne Frank.* Und um Blut damit fließen zu lassen, würde sie noch einmal in einem Achterhuis verschwinden müssen, diesmal vaterlos und ganz auf sich allein gestellt.

Folglich faßte sie wieder Zutrauen zu ihren nicht

ganz dreihundert Seiten und damit auch den Entschluß, ihrem sechzigjährigen Vater das Geheimnis ihres Überlebens vorzuenthalten. »Für sie«, rief sie, »für sie«, und meinte damit alle, die jenem Schicksal zum Opfer gefallen waren, das ihr erspart geblieben war und das sie jetzt doch erlitten zu haben vorgab. »Für Margot, für meine Mutter, für Lies.«

Jetzt ging sie jeden Tag in die Bibliothek, um die *New York Times* zu lesen. Jede Woche las sie gründlich die Nachrichtenmagazine durch. Sonntags las sie über all die neuen Bücher, die in Amerika herauskamen: Romane, von denen gesagt wurde, sie seien ›bemerkenswert‹ und ›bedeutsam‹ und von denen doch keiner bemerkenswerter und bedeutsamer sein konnte als ihr posthum veröffentlichtes Tagebuch; fade Bestseller, in denen echte Menschen unechte Menschen kennenlernten, die es nicht geben konnte und bei denen es auch völlig gleichgültig war, ob es sie gab oder nicht. Sie las Lobendes über Historiker und Biographen, deren Bücher, ungeachtet aller ihrer Verdienste, unmöglich so sehr die Anerkennung wert waren wie ihres. Und in jedem Artikel, in jeder Zeitschrift, die sie in der Bibliothek fand – amerikanische, französische, deutsche und englische – suchte sie nach ihrem eigenen richtigen Namen. Es konnte unmöglich sein Bewenden damit haben, daß ein paar Tausend holländische Leser den Kopf darüber schüttelten und zur Tagesordnung übergingen – dazu war es zu wichtig! »Für sie, für sie« –

immer und immer wieder, Woche für Woche, »für sie« – bis sie sich zuletzt fragte, ob der Umstand, im Achterhuis überlebt zu haben, den Todeslagern entronnen zu sein und hier in New England als jemand anders denn sie selbst Maskerade zu spielen, aus dieser ganzen brodelnden Leidenschaft, als Rachegeist »zurückzukommen« nicht etwas höchst Fragwürdiges – und ein bißchen Verrücktes – machte. Angst befiel sie, dem Nichterlegensein zu erliegen.

Warum sollte sie? Wer war sie, daß sie so tat, als wäre sie nur jemand, der sie gewesen wäre, hätte es nie ein Achterhuis und kein Todeslager für sie gegeben? Amy war nicht jemand anders. Die Amy, die sie vor ihren Erinnerungen bewahrt und die sie wieder zum Leben erweckt hatte – die bezaubernde, realistische Amy mit dem gesunden Menschenverstand – war sie selbst. Die zu sein sie alles Recht hatte! Verpflichtung den Toten gegenüber? Schöne Worte für die Frommen! Es gab nichts, was man den Toten geben konnte – sie waren tot. »Genau. Die – sogenannte – Wichtigkeit dieses Buches ist eine krankhafte Illusion. Tot sein zu spielen, hat etwas Melodramatisches und Abstoßendes. Und sich vor Papi zu verstecken, ist womöglich noch schlimmer. Sühne ist unnötig«, sagte Amy zu Anne. »Greif einfach zum Telefon und sag Pim, daß du lebst. Er ist sechzig.«

Ihre Sehnsucht nach ihm überstieg selbst noch jene, die sie in der Kindheit verspürt hatte, da sie mehr als alles andere seine einzige Liebe hatte sein wollen. Aber sie war jung und stark und erlebte ein großes Abenteuer, und so unternahm sie nichts, ihm oder irgendwem sonst zu sagen, daß sie noch am Leben war; und dann, eines Tages, war es dazu einfach zu spät gewesen. Niemand hätte ihr geglaubt; kein Mensch außer ihrem Vater hätte es zu glauben gewünscht. Jetzt kamen täglich Menschen, ihren heimlichen Schlupfwinkel zu besuchen, einen Blick auf die Fotos von den Filmstars zu werfen, die sie neben ihrem Bett an der Wand festgesteckt hatte. Sie kamen, die Wanne zu betrachten, in der sie gebadet, und den Tisch, an dem sie gelernt hatte. Sie sahen zum Dachfenster hinaus, wo Peter und sie eng aneinander geschmiegt die Sterne beobachtet hatten. Sie starrten auf den Schrank, hinter dem die Tür verborgen gewesen war, durch welche die Polizei hindurchgekommen war, um sie fortzubringen. Sie sahen sich die aufgeschlagenen Seiten ihres geheimen Tagebuchs an. So hat sie geschrieben, flüsterten sie, das waren ihre Worte. Sie verweilten, um alles, was sie jemals berührt hatte, in Augenschein zu nehmen. Die schmucklosen Gänge und die zweckdienlichen kleinen Zimmer, die sie als eine, die das Schreiben lernen wollte, in ordentlichem, präzisen Alltagsholländisch pflichtschuldigst für Kitty beschrieben hatte – das superpraktische Achterhuis war jetzt ein heiliger Schrein, eine Klagemauer. Schweigend entfernten sie sich davon, verwaist, als wäre sie eine der ihren gewesen.

Dabei waren sie die *ihren.* »Sie haben um mich geweint«, sagte Amy; »sie haben mich bemitleidet, haben für mich gebetet und mich um Verzeihung gebeten. Ich war die Verkörperung von Millionen ungelebter Jahre, die man den Juden geraubt hatte. Es war zu spät, jetzt lebendig zu sein. Ich war eine Heilige.«

Das war ihre Geschichte. Und was hielt Lonoff davon, nachdem sie geendet hatte? Daß sie jedes Wort ehrlich meine, und daß kein Wort stimme.

Nachdem Amy unter die Dusche gegangen war und sich angezogen hatte, verließen sie das Hotel, und er ging mit ihr irgendwohin zu Mittag essen. Vom Restaurant aus rief er Hope an und erklärte ihr, er bringe Amy mit nach Hause. Sie könne in den Wäldern spazierengehen, das Laub der Bäume betrachten und geborgen in Beckys Bett schlafen; nach ein paar Tagen werde sie imstande sein, sich wieder zu fassen, und dann werde sie nach Cambridge zurückkehren. Zu ihrem Zusammenbruch erklärte er, sie scheine total erschöpft zu sein. Er hatte Amy versprochen, mehr nicht zu sagen.

Auf der Fahrt zurück in die Berkshires, als Amy ihm auseinandersetzte, wie es während der Jahre, da sie in zwanzig verschiedenen Sprachen von zwanzig Millionen Menschen gelesen worden war, für sie gewesen sei, nahm er sich vor, Dr. Boyce zu konsultieren. Dr. Boyce arbeitete am *Riggs,* der Stockbridger psychiatrischen Klinik. Jedesmal, wenn ein neues Buch von

Lonoff erschienen war, hatte Dr. Boyce einen reizenden Brief geschrieben und den Autor gebeten, er möge doch so freundlich sein, sein Exemplar zu signieren; außerdem wurden die Lonoffs in jedem Jahr zu der großen Boyce'schen Grill-Party eingeladen. Auf Boyces Bitten hin hatte Lonoff sich einmal widerstrebend bereiterklärt, mit einer Arbeitsgruppe von Klinikärzten zusammenzukommen, um mit ihnen über »die Persönlichkeit des schöpferischen Menschen« zu diskutieren. Er hatte den Psychiater nicht kränken wollen; außerdem beschwichtigte er damit vielleicht für eine Zeitlang seine Frau, die sich gern in dem Glauben wiegte, wenn er ausging und mehr unter Menschen käme, würde sich zuhause manches bessern.

Bei der Arbeitsgruppe stellte es sich heraus, daß die Mediziner Vorstellungen vom Schreiben hatten, die für seinen Geschmack von zuviel Phantasie zeugten, doch gab er sich keine Mühe, ihnen zu sagen, daß sie sich irrten. Auch war er nicht unbedingt davon überzeugt, seinerseits recht zu haben. Sie sahen es auf ihre Weise, er auf seine, Lonoffs. Punktum. Er verspürte nicht die geringste Lust, irgendwelche Menschen eines besseren zu belehren. Literatur brachte die Menschen dazu, alle möglichen merkwürdigen Dinge zu sagen – sei's also drum!

Die Unterhaltung mit den Psychiatern hatte noch kaum eine Stunde gedauert, als Lonoff sagte, es sei ein reizender Abend gewesen, doch nun müsse er heim.

»Ich habe meine Abendlektüre noch vor mir. Und ohne meine Lektüre bin ich nicht ich selbst. Sie jedoch sollten sich keinerlei Zurückhaltung auferlegen, über meine Persönlichkeit zu reden, wenn ich fort bin.« Boyce, der warmherzig lächelte, erwiderte: »Ich hoffe, wir haben Sie mit unseren naiven Spekulationen zumindest ein wenig amüsiert.« – »Es wäre mir ein Vergnügen gewesen, *Sie* zu amüsieren. Ich bitte um Verzeihung, daß ich so langweilig bin.« – »Nein, nein«, sagte Boyce, »Passivität bei einem Mann von Bedeutung ist auf ihre Weise bezaubernd und geheimnisvoll.« – »So?« sagte Lonoff. »Das muß ich meiner Frau erzählen.«

Doch daß er vor fünf Jahren einmal eine Stunde verschwendet hatte, bedeutete eigentlich nichts. Er vertraute Boyce und wußte, daß der Psychiater sein Vertrauen nicht mißbrauchen würde, wenn er morgen hinging, um über eine ehemalige Studentin und Quasi-Tochter mit ihm zu reden, eine junge Frau von sechsundzwanzig Jahren, die ihm enthüllt hatte, von allen jüdischen Schriftstellern, von Franz Kafka bis zu E. I. Lonoff, sei sie die berühmteste. Was den Vertrauensbruch der Quasi-Tochter gegenüber betraf, so wog der nicht viel, da Amy sich weiterhin über ihren allesdurchdringenden Wahn erging.

»Weißt du, warum ich mir diesen hübschen Namen zugelegt habe? Nicht, um mich vor meinen Erinnerungen zu schützen. Ich habe nicht die Vergangenheit vor mir bewahrt oder mich vor der Vergangenheit. Wovor ich mich bewahrt habe, das war der Haß, davor, Menschen zu hassen, so wie Menschen Spinnen oder Ratten hassen. Manny, ich kam mir so geschunden vor! Ich hatte das Gefühl, als ob man mir die halbe Haut über die Ohren gezogen hätte. Von der Hälfte meines Gesichts war die Haut weg, und jeder würde mich für den Rest meines Lebens anstarren. Oder aber, sie würden die andere Hälfte anstarren, die Hälfte, die noch heil war; ich sah sie lächeln, so tun, als ob die geschundene Hälfte ohne Haut nicht da wäre, und sich an die Hälfte wenden, die unversehrt war. Ich hörte, wie ich sie anschrie, sah, wie ich ihnen meine grausige Seite zukehrte, damit sie mit ihren heilen Gesichtern sie sähen und sich darüber entsetzten. ›Ich war schön, Ich war heil und ganz. Ich war ein sonniges, lebhaftes kleines Mädchen! Seht, was sie mir angetan haben!‹ Aber welcher Seite sie sich auch zuwandten, ich schrie unweigerlich: ›Seht euch die andere an! Warum seht ihr euch nicht die andere an!‹ Darüber habe ich nachts im Lazarett nachgedacht. Wie immer sie mich auch ansehen, was immer sie zu mir sagen, wie sehr sie auch versuchten, mich zu trösten, ich werde immer dieses halb-geschundene Wesen sein, dem man bis zur Hälfte die Haut abgezogen hat. Ich werde nie jung sein, nie freundlich oder friedlich oder verliebt, und ich werde sie mein ganzes Leben lang hassen.

Deshalb habe ich diesen hübschen Namen angenommen – damit er all das verkörpere, was ich nicht war.

Und wie gut ich mich verstellt habe! Nach einiger Zeit konnte ich mir sogar vorstellen, daß ich mich überhaupt nicht verstellte, daß ich zu dem Menschen geworden sei, der ich ohnehin geworden wäre. Bis zu dem Buch. Das Paket aus Amsterdam traf ein, ich machte es auf, und da war sie: meine Vergangenheit, ich selbst, mein Name, *mein heiles, unversehrtes Gesicht* – und da wollte ich nichts anderes mehr als Rache. Nicht um der Toten willen – es ging nicht darum, die Toten wieder lebendig zu machen oder die Lebenden zu geißeln. Nicht die Leichen waren es, für die ich Rache nahm – sondern das mutterlose, vaterlose, schwesterlose, von Rachedurst erfüllte, haßerfüllte, schamerfüllte, halb-geschundene, in Aufruhr befindliche Menschenwesen. Für mich. Ich wollte Tränen, wollte, daß ihre christlichen Tränen flossen wie das Blut der Juden, für mich. Ich wollte ihr Mitleid – und zwar so mitleidlos wie möglich. Und ich wollte Liebe, wollte erbarmungslos und endlos geliebt werden, genauso, wie ich erniedrigt worden war. Ich wollte mein neues Leben, meinen neuen Körper, gereinigt und unbesudelt. Und dazu bedurfte es zwanzig Millionen Menschen. Zehnmal zwanzig Millionen.

Ach, Manny, ich möchte mit dir leben! Das brauche ich. Die Millionen nützen einfach nichts – du bist es! Ich möchte mit dir heim nach Europa. Hör mich an, sag nicht nein, noch nicht. Im Sommer habe ich ein kleines Haus entdeckt, das zu vermieten war, eine Villa oben an einem Hang außerhalb von Florenz. Mit rosa Dach und Garten. Ich habe mir die Telefonnummer besorgt und sie mir aufgeschrieben. Ich habe sie noch. Ach, bei all dem Schönen, das ich in Italien gesehen habe, mußte ich daran denken, wie glücklich du dort sein könntest – und wie glücklich ich dort sein könnte, wenn ich dort für dich sorgte. Ich dachte an die Ausflüge, die wir machen würden. Dachte an die Nachmittage in den Museen, und wie wir hinterher unten am Fluß Kaffee trinken würden. Ich habe davon geträumt, wie wir abends zusammen Musik hörten. Wie ich für dich kochte. Habe mir vorgestellt, wie ich im Bett bezaubernde Nachthemden tragen würde. Ach, Manny, laß ihre Anne Frank ihnen gehören; ich möchte *deine* Anne Frank sein. Ich möchte endlich ich selbst sein. Zur Kindermärtyrerin und Heiligen tauge ich nicht mehr. Sie würden mich nicht mal mehr haben wollen, so wie ich bin, jemand, der den Ehemann einer anderen begehrt, ihn bittet, seine treue Frau zu verlassen und mit einem Mädchen fortzulaufen, das nur halb so alt ist wie er. Manny, macht es dir etwas aus, daß ich so alt bin wie deine Tochter und du so alt wie mein Vater? Selbstverständlich liebe ich den Dad-da in dir, wie sollte ich nicht? Und wenn du das Kind in mir liebst, warum solltest du nicht? Daran ist nichts Merkwürdiges – das geht der halben Welt so. Liebe muß irgendwo anfangen, und dort fängt sie nun mal bei uns an. Und was die Frage betrifft, wer ich bin – nun«, sagte Amy mit einer Stimme, so süß und einschmeichelnd wie er nur je eine gehört hatte, »irgendwer muß man schließlich sein, oder? Darum kommt man nicht herum.«

Zuhause steckten sie sie ins Bett. In der Küche saß Lonoff mit seiner Frau zusammen und trank den Kaffee, den sie ihm gekocht hatte. Jedesmal, wenn er sich vorstellte, wie Amy im Wartezimmer des Zahnarztes im *Time-Magazine* von Otto Frank las oder zwischen den Regalen der Bibliothek nach ihrem ›wirklichen‹ Namen suchte, jedesmal, wenn er sich vorstellte, wie sie im Bostoner Park für ihren Professor für kreatives Schreiben eine von eingehender Kenntnis zeugende Untersuchung über ›ihr‹ Buch schrieb, hätte er sich am liebsten gehen lassen und geweint. Nie hatte er dermaßen unter dem Leiden eines anderen Menschen gelitten.

Selbstverständlich sagte er Hope nichts darüber, wer Amy zu sein glaubte. Doch das brauchte er auch gar nicht. Er erriet, was sie sagen würde, wenn er es täte: daß Amy um seinet-, um des großen Schriftstellers willen beschlossen habe, Anne Frank zu werden; das erkläre doch alles, dazu brauche man keinen Psychiater. Um seinetwillen infolge ihrer blinden Leidenschaft: um ihn zu verzaubern, ihn zu verhexen, um seine Gewissenhaftigkeit und Weisheit und Tugend zu durchbrechen und einzubrechen in den Bereich seiner Phantasie, und dort, als Anne Frank, E. I. Lonoffs *femme fatale* zu werden.

4 Mit Tolstoi verheiratet

Am nächsten Morgen frühstückten wir alle gemeinsam wie eine glückliche vierköpfige Familie. Die Frau, die Lonoff nicht rauswerfen konnte, bloß weil er vielleicht lieber mal ein neues Gesicht am Frühstückstisch gesehen hätte, erzählte uns – am Frühstückstisch – glücklich von den Kindern, auf deren Stühlen Amy und ich saßen, und was sie alles schon geschafft hätten. Sie zeigte uns neuere Fotos von ihnen, die sie zusammen mit *ihren* Kindern zeigten. Lonoff hatte mir gegenüber gestern abend nicht erwähnt, daß er schon mehrfacher Großvater sei. Aber warum hätte er es auch tun sollen?

Hope schien sich über Nacht von einer alternden, geknickten und einsamen Ehefrau in etwas verwandelt zu haben, was schon mehr nach der glücklichen Verfasserin jener reizenden Naturgedichte aussah, die gerahmt an der Küchenwand hingen, nach der Begießerin der Geranien, nach der Frau, von der Lonoff angesichts der zerbrochenen Untertasse gesagt hatte: »Sie kann sie wieder zusammenkitten.« Aber auch Lonoff schien nicht mehr ganz derselbe zu sein; ob bewußt oder nicht, jedenfalls summte er die Melodie von *My Blue Heaven,* als er sich an den Frühstückstisch setzte. Und gleich darauf begann er, den Clown zu spielen, was nur dazu angetan war, Hope noch glücklicher zu machen.

Und warum diese Veränderung? Weil Amy nach dem Frühstück zurückkehren sollte nach Cambridge.

Ich jedoch schaffte es in Gedanken nicht mehr so recht, die *Amy* in ihr zu sehen. Stattdessen wurde ich ständig wieder von jener Fabel eingeholt, die ich um sie und die Lonoffs gesponnen, als ich im dunklen Arbeitszimmer gelegen hatte, getragen von dem mir zuteil gewordenen Lob und zitternd vor Groll gegen meinen Vater, der nicht mit mir einverstanden war – und selbstverständlich überwältigt von dem, was sich zwischen meinem Ideal und der großartigen jungen Frau abgespielt hatte, ehe er mannhaft ins Bett und zu seiner Frau zurückgekehrt war.

Das ganze Frühstück hindurch war ich in Gedanken mit meinem Vater und meiner Mutter, dem Richter und Mrs. Wapter beschäftigt. Ich hatte die ganze Nacht kein Auge zugetan, und jetzt konnte ich weder über sie noch über mich einen klaren Gedanken fassen – und auch nicht über Amy, wie sie genannt wurde. Ich sah mich schon heimfahren nach New Jersey und meiner Familie verkünden: »Als ich oben in New England war, habe ich eine wunderbare junge Frau kennengelernt. Ich liebe sie, und sie liebt mich. Wir wollen heiraten.« – »Heiraten? Warum so überstürzt, Nathan? Ist sie Jüdin?« – »Ja, das ist sie.« – »Und wer ist sie?« – »Anne Frank.«

»Ich esse zuviel«, sagte Lonoff, als Hope seinen Tee aufbrühte.

»Du brauchst eben mehr Bewegung«, sagte Hope. »Du solltest längere Spaziergänge machen. Du hast deinen Nachmittagsspaziergang aufgegeben, und seither hast du zugenommen. Im Grunde ißt du doch so gut wie nichts. Auf jeden Fall nichts, was dick machte. Das liegt daran, daß du dauernd am Schreibtisch sitzt. Und im Haus herumhockst.«

»Ich halte das Spazierengehen einfach nicht mehr aus. Ich halte diese Bäume nicht mehr aus.«

»Dann geh doch in die entgegengesetzte Richtung.«

»Zehn Jahre hindurch bin ich in die andere Richtung spazierengegangen. Das ist doch gerade der Grund, warum ich dann in diese Richtung gegangen bin. Außerdem gehe ich beim Spazierengehen überhaupt nicht spazieren. In Wahrheit sehe ich nicht mal die Bäume.«

»Das stimmt nicht«, sagte Hope. »Er liebt die Natur«, erklärte sie zu mir gewandt. »Er kennt die Namen von allem, was da kreucht und fleucht.«

»Ich werde von jetzt an weniger essen«, erklärte Lonoff. »Wer teilt sich ein Ei mit mir?«

Hope sagte – glücklich –: »Heute morgen kannst du dir ruhig ein ganzes Ei gönnen.«

»Amy, teilst du dir ein Ei mit mir?«

Seine Aufforderung an sie zu sprechen, bot mir die erste Gelegenheit, mich ihr zuzuwenden, ohne verlegen zu werden. Es war so. Es *konnte* so sein. Dasselbe Gesicht, das frei und offen und ohne Abwehr Klugheit verstrahlte, dieselben sinnenden Augen, heiter und erwartungsvoll... Diese Stirn – das war nicht Shakespeares Stirn, das war *ihre*.

Sie lächelte, als ob auch sie bester Laune sei und er sich gestern abend nicht geweigert hätte, ihre Brüste zu küssen. »Das schaffe ich nicht«, sagte sie zu ihm.

»Nicht einmal ein halbes?«

»Nicht mal ein Sechzehntel.«

Das hier ist meine Tante Tessie, das sind Frieda und Dave, das ist Birdie und das Murray... wie du siehst, sind wir eine riesige Familie. Und für euch alle: Das hier ist meine Frau. Sie ist alles, was ich mir jemals erhofft habe. Wenn ihr das bezweifelt, seht euch nur ihr Lächeln an, hört, wie sie lacht. Erinnert ihr euch noch an die dunkel umrandeten Augen, die so arglos in dem klugen kleinen Gesicht saßen? Erinnert ihr euch noch an das schwarze, mit einer Spange zurückgesteckte Haar? Nun, das hier ist sie. – Anne? sagt mein Vater. DIE Anne? Ach, wie falsch ich meinen Sohn eingeschätzt habe! Wie wir uns alle geirrt haben!

»Mach mir ein Rührei, Hope«, sagte Lonoff. »Ich ess' die eine Hälfte, wenn du die andere ißt.«

»Du kannst ruhig ein ganzes essen«, erwiderte sie. »Du brauchst nur deine Spaziergänge wieder aufzunehmen.«

Flehentlich sah er mich an. »Nathan, essen Sie die andere Hälfte?«

»Nein, nein«, sagte seine Frau, wandte sich dem Herd zu und verkündete triumphierend: »Du wirst das ganze Ei essen!«

Sich geschlagen gebend, sagte Lonoff: »Und zu allem Überfluß habe ich heute morgen meine Rasierklinge weggeworfen.«

»Und warum«, sagte Amy, die immer noch tat, als sei sie allerbester Laune, »hast du das getan?«

»Ich hab's mir genau überlegt. Meine Kinder sind fertig mit dem College. Mein Haus ist bezahlt. Ich bin hundertprozentig krankenversichert, habe einen 56er Ford, und gestern habe ich einen Scheck über fünfundvierzig Dollar Tantiemen aus Brasilien bekommen – Geld, mit dem ich niemals gerechnet hatte. Wirf sie weg und gönne dir eine Rasur mit einer neuen Klinge. Dann dachte ich: Nein, mit dieser Klinge kann man sich mindestens noch ein-, vielleicht sogar zweimal rasieren. Wozu verschwenderisch sein? Doch dann habe ich noch weiter überlegt: auf den Regalen für die Paperbacks stehen sieben Ausgaben von mir, ich habe in zwanzig Ländern veröffentlicht, das Haus hat ein neues Schindeldach bekommen, und im Keller steht ein neuer Ölbrenner, in Hopes Badezimmer sind brandneue Anlagen installiert worden. Die Rechnungen sind alle bezahlt, ja, und was noch wichtiger ist, es ist auch noch Geld übrig, das auf der Bank liegt und drei Prozent Zinsen trägt, damit wir auf unsere alten Tage noch etwas haben. Schluß jetzt damit, dachte ich,

Schluß mit dem Nachdenken – und habe eine neue Klinge eingelegt. Und nun seht, wie übel ich mich zugerichtet habe. Ums Haar hätte ich mir das ganze Ohr abgeschnitten.«

Amy: »Das beweist, daß du nicht so impulsiv sein solltest.«

»Ich wollte doch nur sehen, wie es wäre, einmal so zu leben wie alle Welt sonst.«

»Und?« fragte Hope, die jetzt, die Bratpfanne in der Hand, wieder an den Tisch getreten war.

»Ich habe es dir doch schon gesagt. Ums Haar hätte ich mir das Ohr abgeschnitten.«

»Hier ist dein Ei.«

»Ich möchte nur die Hälfte.«

»Liebling, gönne dir doch mal was«, sagte Hope und gab ihm einen Kuß auf die Stirn.

Liebe Mom und Dad: Wir sind jetzt seit drei Tagen zu Besuch bei Annes Vater. Es ist rührend zu sehen, wie aus dem Häuschen sie beide seit unserem Hiersein sind...

»Und hier ist deine Post«, sagte Hope.

»Ich hab' mir das Zeug noch nie vor Ende des Tages angesehen«, erklärte er mir.

»Er will nicht mal einen Blick auf die Schlagzeilen in der Zeitung werfen«, sagte Hope. »Und bis vor zwei Jahren wollte er nicht einmal zusammen mit uns frühstücken. Doch als die Kinder alle aus dem Haus waren, habe ich mich geweigert, hier allein zu sitzen.«

»Aber ich habe nie zugelassen, daß du mit mir sprichst, oder? Das ist neu.«

»Laß mich dir noch ein Ei machen«, sagte sie.

Er schob den leeren Teller von sich. »Nein, Liebling, nein. Ich bin voll.«

Ihr Lieben: Anne ist schwanger und, wie sie sagt, glücklicher, als sie meinte, je wieder sein zu können ...

Er sortierte jetzt das halbe Dutzend Briefe, die er in der Hand hielt. Zu mir sagte er: »Sowas bekommt man nun von seinem Verleger weitergeleitet. Nur einer von hundert lohnt das Aufmachen. Einer von *fünf*hundert.«

»Wie wär's mit einer Sekretärin, die sie aufmachte?« fragte ich.

»Er ist zu gewissenhaft«, erklärte Hope. »Er bringt es nicht fertig, es so zu machen. Außerdem wäre eine Sekretärin noch ein Mensch mehr im Haus. Wir können das Haus nicht zur *Grand Central Station* machen.«

»Eine Sekretärin, das bedeutet sechs andere Menschen«, erklärte er ihr.

»Was ist es denn diesmal?« fragte sie Lonoff, als er die bleistiftbeschriebenen Blätter in der Hand hin und herdrehte. »Lies vor, Manny.«

»Lies du vor.« Er reichte den Brief seiner Frau hinüber. »Soll Nathan mal sehen, was es bedeutet, wenn man aus der Obskurität herausgeholt wird. Soll er doch nicht bei uns anklopfen und behaupten, wir hätten ihn vorher nicht gewarnt.«

Sie trocknete sich die Hände an der Schürze und

nahm den Brief entgegen. Ein herrlicher Vormittag war es, der ihr da geschenkt wurde, richtig ein neues Leben. Und warum? Weil Amy im Begriff stand abzufahren.

»›Sehr geehrter Mr. Lonoff‹«, las sie vor. »›Ich möchte Ihnen, der sich so vorzüglich darauf versteht, Kurzgeschichten zu schreiben, vorschlagen, eine Story mit folgendem Inhalt in Erwägung zu ziehen. Ein Nichtjude von der Westküste kommt nach New York City und lernt zum erstenmal in seinem Leben Juden kennen. Da von Natur aus gutmütig, tut er ihnen manchen Gefallen. Als er einen Teil seiner Mittagspause in der Firma, in der er arbeitet, opfert, um ihnen zu helfen, verhalten sie sich wie die Schweine, um soviel aus ihm herauszuholen wie möglich. Als er seinen Kollegen behilflich ist, Kugelschreiber zum Großhandelspreis zu besorgen, geschieht das gleiche. Sie bewegen ihn, ein paar für Fremde zu besorgen, die er nicht kennt, und sagen: ›Jemand, den ich kenne, möchte ein Dutzend davon kaufen‹, um ihm hinterher zu erklären: ›Das hättest du nicht zu tun brauchen, ich habe dich nicht darum gebeten, welche für ihn zu kaufen. Ich habe dir nur gesagt, ich wollte zwei Dutzend haben, und jetzt kannst du mir nicht sagen, ich hätte dich beauftragt, zwei Dutzend für ihn zu besorgen.‹ Die Folge davon ist, daß er eine Abneigung gegen Juden entwickelt. Später stellt er dann fest, daß Nichtjuden unauffällig versuchen, ihn aus seiner Stellung zu verdrängen, während die Juden sich auf seine Seite stellen, als der Boss ihn rauswerfen will. Als er krank wird, spenden die Juden Blut für ihn. Am Ende unterhält er sich mit jemand, von dem er erfährt, wieso ihre Geschichte die Juden dazu gebracht hat, aus Gewohnheit opportunistisch zu sein. Ihr sehr ergebener Ray W. Oliver. P.S. Ich schreibe gleichfalls Short-Stories und wäre bereit, mit Ihnen zusammenzuarbeiten, falls Sie diese Handlung verwenden wollen.‹«

»Ich auch«, sagte Amy.

»Die Folgen seiner Vernarrtheit«, sagte ich. Ein Satz aus *Die mittleren Jahre,* doch nicht einmal Lonoff schien sich zu erinnern. »Von Henry James«, fügte ich errötend hinzu. »Der Rest ist der Wahnsinn der Kunst.«

»Aha«, sagte Lonoff.

Esel! Idiot! Ich habe mich beim Angeben erwischen lassen – als ich zeigen wollte, wie gebildet ich bin. *Aha!* Er wußte alles.

Doch statt mich aufzufordern aufzustehen und zu gehen wegen der Art, wie ich mich in seinem Arbeitszimmer verhalten hatte, machte er einen zweiten Brief auf und holte eine kleine Karteikarte heraus, die darin steckte. Er las sie und reichte sie dann Hope.

»Ach, eine von denen«, sagte sie. »Wie wütend mich die machen!«

»Hat jedoch Stil«, sagte Lonoff. »Mir gefällt das Fehlen der Anrede. Einfach die Leine aufspannen und die Wäsche dranhängen. Laß hören, Hope.«

»Mir sind diese so zuwider.«

»Mach schon! Zu Nathans Erbauung.«

Dann wußte er es also *doch nicht*. Oder wußte es und verzieh mir.

»›Ich habe gerade Ihre fabelhafte Story *Indiana* zu Ende gelesen‹«, las Hope vor. »›Was weißt Du überhaupt vom Mittleren Westen, Du dreckiger Jude? Eure jüdische Allwissenheit erfreut sich beim Durchschnittsbürger genau derselben Beliebtheit wie euer ›jüdischer Sinn für Kunst‹. Sally M., Fort Wayne.‹«

Lonoff hatte inzwischen sorgsam einen blauen Luftpostumschlag aus Übersee aufgeschlitzt.

»New Delhi«, verkündete er.

»Man hat dich zum Brahmanen gemacht«, sagte Amy.

Hope bedachte das Mädchen, das in noch nicht einer Stunde fort sein würde, mit einem Lächeln. »Er wird nicht annehmen.«

»Nun«, meinte Amy, »vielleicht hat er Glück, und sie haben ihn zu einem Unberührbaren gemacht.«

»Oder etwas noch Geringerem«, sagte Lonoff und reichte Hope auch diesen Brief.

»Man kann eben nicht alles haben«, sagte Amy zu ihm.

Diesmal las Hope vor, ohne daß man sie eigens hätte auffordern müssen. »›Sehr geehrter Herr. Ich bin Inder und einundzwanzig Jahre alt. Ich erlaube mir, mich vorzustellen, da sonst keine Möglichkeit besteht, Ihre

Bekanntschaft zu machen. Vielleicht gefällt Ihnen die Vorstellung gar nicht, die Bekanntschaft eines Fremden zu machen, der darauf aus ist, Sie auszunutzen.‹« Hier plötzlich schien ihre Zuversicht erschüttert; fragend sah sie auf Lonoff, verwirrt darüber, was sie jetzt tun sollte.

Er sagte es ihr: »Lies weiter.«

»›... darauf aus ist, Sie auszunutzen. Obgleich ich mir der Schranken bewußt bin, die Kaste, Religion und so weiter zwischen uns aufgerichtet haben, bitte ich Sie um Ihre Hilfe. Da ich nichts weiter bin als ein Bettler besonderer Art, werde ich meine Bitte ganz unverblümt vorbringen. Es ist mein Wunsch, mich in Amerika niederzulassen. Würden Sie mich bitte auf irgendeine Weise aus meinem Land herausholen? Wenn mein Bildungsstand nicht ausreicht, um als Student nach Amerika hineinzukommen, und wenn mir alle anderen Wege versperrt sind – würden Sie mich dann, als allerletztes Mittel, adoptieren? Ich schäme mich, mich mit einer solchen Bitte an Sie zu wenden, denn ich bin so alt und habe Eltern, die darauf angewiesen sind, daß ich sie im Alter ernähre. Ich werde jede Arbeit verrichten und mein bestes tun, Ihnen irgendwie nützlich zu sein. Sir, inzwischen werden Sie im Geiste die Vorstellung von der nicht sonderlich eindrucksvollen Gestalt eines kleinen, dunklen, ehrgeizigen Inders haben, dessen Charakter mit einem reichlichen Maß an Eifersucht bedacht wurde. Sollten Ihre Gedanken in diese Richtung gegangen sein, harrt Ihrer eine Überraschung.

Denn obige Beschreibung paßt haargenau auf mich. Mir ist darum zu tun, den harten Realitäten zu entkommen, einigermaßen in Frieden zu leben und mich in meiner Freizeit weiterzubilden. Sir, bitte, lassen Sie mich wissen, ob es Ihnen möglich ist, mir zu helfen. Ihr ergebenster Diener...‹«

Hope drückte den Brief an die Brust – sie sah, daß Amy den Stuhl zurückgestoßen hatte und aufgestanden war. »Es tut mir leid«, sagte Hope zu ihr.

»Warum?« sagte Amy und zwang sich zu einem Lächeln.

Hopes Hände fingen an zu zittern.

Ich sah zu Lonoff hinüber, doch der sagte nichts.

Mit einem feinen Unterton von Verbitterung sagte Amy: »Ich wüßte nicht, warum es dir leid tun sollte.«

Hope versuchte, den Brief aus Indien zusammenzufalten, doch, wie ich bemerkte, tat sie das völlig systemlos. Ihre Augen wanderten zu den Geranien, als sie sagte: »Ich wollte dich nicht in Verlegenheit bringen.«

»Aber ich bin nicht verlegen«, sagte Amy mit Unschuldsmiene.

»Ich habe nicht gesagt, daß du es *bist*«, räumte Hope ein. »Ich habe gesagt, ich hätte dich nicht in Verlegenheit *bringen* wollen.«

Amy verstand nicht – soviel wurde klar. Sie wartete darauf, daß Hope sich noch weiter erklärte.

»Vergiß es, bitte«, sagte Hope.

»Ist schon vergessen«, sagte Lonoff leise.

»Ich gehe jetzt«, sagte Amy zu ihm.

»Mußt du schon fort?« fragte Lonoff, »willst du nicht einmal den Kaffee austrinken?«

»Du bist schon eine halbe Stunde mit deinem Zeitplan in Verzug«, sagte Amy. »Das kommt von all dem Getue, wahllos mit irgendwem dein Ei zu teilen. Es könnte dich den ganzen Vormittag kosten, dich davon zu erholen.«

»Ja«, sagte ich und sprang auf. »Und ich muß auch fort.«

»So früh fährt kein Bus«, sagte Lonoff zu mir. »Der erste Bus nach Norden trifft elf Uhr zwanzig ein.«

»Trotzdem, wenn sie mich in der Stadt absetzen könnte, sehe ich mich dort noch ein bißchen um – wenn es kein allzu großer Umweg für Sie ist«, fügte ich noch hinzu und sah genauso schüchtern wie gestern das Mädchen an, das ich mit so vielen Phantasien umsponnen hatte, und das ich trotzdem *immer noch nicht* einfach so sehen konnte, wie es war.

»Tun Sie, wie Ihnen beliebt«, sagte Lonoff.

Er stand auf, kam um den Tisch herum und gab Amy einen Kuß auf die Wange. »Laß uns in Verbindung bleiben«, sagte er zu ihr. »Und vielen Dank für die Hilfe.«

»Ich denke, ich habe jedenfalls die einzelnen Bücher auseinandersortiert. Das zumindest ist jetzt in Ordnung.«

»Fein. Um alles andere muß ich mich selber kümmern. Und darüber nachdenken. Ich bin mir nicht sicher, daß es wirklich richtig für mich ist, meine Liebe.«

»Bitte«, sagte sie, »ich flehe dich an, vernichte nichts.«

Möglich, daß das alles gespielt war, doch ich verstand immer noch soviel, daß sie ihn wegen der Manuskripte seiner alten Stories anflehte, die sie für die Manuskriptsammlung der Harvard Universität geordnet hatte.

Für Hope jedoch hatte Amy mit ihrer Bitte ganz offensichtlich eine weniger harmlose Absicht verfolgt. Noch ehe einer der beiden weiter Doppelsinniges sagen konnte, war Hope aus dem Zimmer.

Wir hörten sie die Treppe hinaufsteigen und die Schlafzimmertür hinter sich zuknallen.

»Entschuldigt mich einen Augenblick«, sagte Lonoff, knöpfte sich das Jackett zu und ging seiner Frau nach.

Schweigend nahmen Amy und ich unsere Sachen aus dem Dielenschrank und zogen uns für den Schnee an. Dann standen wir da und suchten uns schlüssig zu werden, was wir jetzt tun sollten. Es kostete mich Überwindung nicht zu sagen: »Haben Sie jemals das Gefühl gehabt, daß Sie gehen wollten, und trotzdem das Gefühl gehabt, eigentlich bleiben zu wollen?«

Womit ich dann aufwartete, war nicht wesentlich

besser. »Gestern abend beim Essen hat er mir von Ihrem Brief erzählt, den Sie ihm aus England geschrieben haben.«

Sie hörte sich das an und kehrte dann zum Warten zurück. Auf dem Kopf hatte sie die weiße Wollmütze mit der langen Kordel, die in einem flauschigen weißen Pompon endete. Natürlich! Diese Mütze hatte er ihr geschenkt, im ersten Winter, den sie hier in den Berkshires verbracht hatte; und jetzt konnte sie sich nicht von ihr trennen, genausowenig, wie sie sich nicht von ihm trennen konnte, ihrem zweiten Pim.

»Wann war das?« erkundigte ich mich. »Wann haben Sie in England gelebt?«

»Ach, das!« Sie schloß die Augen und preßte eine Hand gegen die Stirn. Ich erkannte, wie unendlich müde sie war. Keiner von uns hatte in der Nacht geschlafen, sie, weil sie darüber nachdachte, wie es wäre, wenn sie in Florenz zusammen mit Lonoff lebte, und ich, weil ich mir den Kopf darüber zerbrach, wer sie gewesen sein könnte. Als der Ärmel ihres Mantels hochrutschte, sah ich selbstverständlich, daß sie keine Narbe am Unterarm hatte. Keine Narbe; kein Buch; kein Pim. Nein, der liebende Vater, dem um der Kunst willen entsagt werden mußte, war nicht ihrer; es war meiner. »Ich war klein, dunkel, ehrgeizig – und sechzehn. Vor elf Jahren«, sagte sie.

Womit sie genauso alt war wie Anne Frank, wenn sie überlebt hätte.

»Wo sind Sie denn vor England gewesen?«

»Das ist eine lange Geschichte.«

»Sie haben den Krieg mitgemacht?«

»Den Krieg habe ich verpaßt.«

»Wieso das?«

Sie lächelte höflich. Ich ging ihr offensichtlich auf die Nerven. »Glück.«

»So habe ich ihn wohl auch verpaßt«, entgegnete ich.

»Und was haben Sie stattdessen gehabt?« fragte sie mich.

»Meine Kindheit. Und *Sie?*«

Trocken sagte sie: »Die von jemand anderem. Ich glaube, wir sollten besser gehen, Mr. Zuckerman. Ich muß los. Die Fahrt ist lang.«

»Ich möchte eigentlich nicht gehen, ohne mich verabschiedet zu haben.«

»Ich eigentlich auch nicht. Aber ich meine, es ist besser.«

»Ich bin sicher, er wollte, daß wir warten.«

»So, meinen Sie wirklich?« sagte sie unergründlich, und ich folgte ihr ins Wohnzimmer, wo wir auf den Sesseln neben dem Kamin Platz nahmen. Sie setzte sich auf den von Lonoff, ich auf den anderen. Wütend zog sie die Mütze vom Kopf.

»Er ist furchtbar großzügig zu mir gewesen«, erklärte ich. »Ein tolles Erlebnis, dieser Besuch. Für mich«, fügte ich hinzu.

»Er ist ein großzügiger Mann.«

»Er hat Ihnen geholfen, nach Amerika zu kommen?«

»Ja.«

»Aus England?«

Sie nahm die Zeitschrift zur Hand, in der ich gestern abend geblättert hatte, als Lonoff draußen gewesen war, um zu telefonieren.

Ich sagte: »Verzeihen Sie, wenn ich nicht locker lasse...«

Vage lächelte sie mir zu und fing an, die Seiten umzublättern.

»Es ist nur – daß Sie Anne Frank ähnlich sehen.«

Ein Schauder überlief mich, als sie erklärte: »Das hat man mir schon öfter gesagt.«

»Wirklich?«

»Aber«, sagte sie, hob den Blick und hielt ihre intelligenten Augen direkt auf die meinen gerichtet, »leider bin ich es nicht.«

Schweigen.

»Sie haben aber ihr Buch gelesen.«

»Nicht richtig«, sagte sie. »Ich habe einen Blick hineingeworfen.«

»Aber es ist ein wunderbares Buch.«

»Wirklich?«

»Aber ja. Sie war eine großartige junge Schriftstellerin. Eine Persönlichkeit, dafür, daß sie erst dreizehn war. Es ist, als ob man einen Zeitrafferfilm über einen Fötus, der ein Gesicht ausbildet, zu sehen bekäme, als ob man beobachtete, wie sie alles meisterte. Sie müssen es unbedingt lesen. Plötzlich entdeckt sie die Reflektion, plötzlich entstehen da Portraits, Charakterskizzen, und plötzlich geschieht etwas sehr Verwickeltes, was lange braucht und in dem viel passiert, und das erzählt sie so wunderschön, daß man meint, sie müßte vorher ein Dutzend Entwürfe verworfen haben. Und nirgendwo auch nur die leiseste Andeutung, die einem alles vergällen könnte – daß sie *interessant* sein wollte oder *seriös*. Sie *ist* ganz einfach so.« Mein ganzer Körper war feucht von der Anstrengung, meine Gedanken zu konzentrieren und sie ihr darzulegen, ehe Lonoff zurückkäme und mich daran hindern könnte. »Diese Glut in ihr, der Geist, von dem sie beseelt war – immer unterwegs, immer etwas Neues anfangen; langweilig zu sein war für sie genauso unerträglich, wie gelangweilt zu werden – eine phantastische Schriftstellerin, wirklich. Und ein unendlich reizvolles Kind. Ich fand« – der Gedanke war mir selbstverständlich in der Hitze des Lobens von Anne Frank gegenüber jemandem, der sie sogar sein könnte, eben erst gekommen –, »sie ist wie eine von Leidenschaft erfüllte jüngere Schwester von Kafka, sein verlorenes Töchterchen – die Verwandtschaft ist sogar in den Gesichtszügen vorhanden. Finde ich jedenfalls. Kafkas Mansarden und dunkle Kammern, die verborgenen Speicher, in denen die Anklagen erhoben werden, die getarnten Türen – alles, was er in Prag träumte, war für sie echtes Amsterdamer Leben. Was er sich ausgedacht hat, hat sie durchlitten.

Erinnern Sie sich an den ersten Satz aus dem *Prozeß*? Gerade gestern abend haben wir darüber gesprochen, Mr. Lonoff und ich. Dieser Satz könnte ein Epitaph für ihr Buch sein. ›Jemand mußte Anne F. verleumdet haben, denn ohne daß sie etwas Böses getan hätte, wurde sie eines Morgens verhaftet.‹«

Dennoch – trotz der Glut, die *mich* erfüllte, war Amy mit den Gedanken woanders. Ich allerdings auch – wieder in New Jersey, wo ich die glückliche Kindheit verbracht hatte. Irgendwie mit dir verheiratet zu sein, dachte ich, meine unangreifbare Fürsprecherin, meine unverwundbare Verbündete, mein Schutz und Schild gegen alle Vorwürfe von Abtrünnigkeit und Verrat und rücksichtsloser, abscheulicher Denunziererei! Ach, heirate mich, Anne Frank, entlaste mich vor meinen empörten Eltern von diesem aberwitzigen Vorwurf! Unbekümmert ob jüdischer Gefühle? Gleichgültig gegenüber jüdischem Überleben? Herzlos, was ihr Wohlergehen betrifft? Wer wagt es, den Mann von Anne Frank solcher gedankenloser Vergehen zu bezichtigen?

Aber ach, ich konnte sie nicht herausheben aus ihrem heiligen Buch und sie in diesem Leben zu einem Wesen aus Fleisch und Blut machen. Stattdessen stand ich Amy Bellette gegenüber (wer auch immer *sie* sein mochte), die die Seiten von Lonoffs Zeitschrift umblätterte und – jede Unterstreichung von ihm genießend – darauf wartete, ob er nicht in letzter Minute doch noch sein Leben änderte und ihres auch. Der Rest war nichts als ein Phantasieprodukt, die unanfechtbare Antwort auf ihren Fragebogen, den ich den Wapters zu präsentieren gedachte. Und weit entfernt davon, unanfechtbar zu sein, weit entfernt, mich freizusprechen von ihren Vorwürfen und mir meine geliebte Makellosigkeit zurückzugeben, für sie – die Wapters – ein Phantasieprodukt, das für sie selbstverständlich eine noch schändlichere Entweihung darstellte als dasjenige, was man bereits gelesen hatte.

Hope kam die Treppe herunter; sie war zum Ausgehen angezogen, trug einen grünen Lodenmantel mit Kapuze sowie Winterstiefel, die sie über ihre Wollhose heraufgezogen hatte. Fest klammerte sie sich mit einer Hand ans Geländer – um sich vorm Hinfallen zu schützen –, in der anderen trug sie eine kleine Reisetasche.

Vom Treppenabsatz oben sprach Lonoff. »Das geht doch nicht«, sagte er mit gedämpfter Stimme. »Das ist heller...«

»Warum sollen wir nicht alle das bekommen, was wir uns wünschen, bitte.« Sie sagte das, ohne den Kopf zu wenden; in dem Zustand, in dem sie sich befand, mußte sie alle Kraft darauf konzentrieren, mit der Treppe fertigzuwerden.

»Das ist doch kaum, was du dir wünschst.«

Sie blieb stehen – »Es ist das, was ich mir schon seit *Jahren* gewünscht habe« – und schickte sich neuerlich an, ihr Heim zu verlassen.

»Komm wieder herauf. Du weißt nicht, was du sagst.«

»Du hast nur Angst«, sagte sie zwischen den Zähnen hervor, »loszuwerden, was dir lästig ist.«

»Ich kann dich nicht hören, Hope.«

Inzwischen heil unten angekommen, drehte die kleine Frau sich um und sah die Treppe hinauf. »Du machst dir bloß Sorgen, wie du mit deiner ganzen Schreiberei und deiner Lektüre und all deinem Nachdenken fertigwirst, wenn ich nicht mehr da bin, dir lästig zu sein. Soll doch von jetzt an jemand anders dir lästig sein. Soll doch jemand anders dir *keine* Scherereien machen.«

»Bitte, komm wieder herauf!«

Statt zu tun, worum er sie gebeten, nahm sie ihre Tasche und trat ins Wohnzimmer. Nur ich stand auf, sie zu begrüßen.

»Zieh deinen Mantel aus«, sagte sie zu Amy. »Jetzt wirst *du* das fünfunddreißig Jahre lang aushalten!« Und mit diesen Worten wurde sie von Schluchzern geschüttelt.

Lonoff hatte sich mittlerweile angeschickt, vorsichtig die Treppe herunterzukommen. »Hope, das ist doch nichts als Getue. Du läßt dich gehen.«

»Ich gehe«, sagte sie zu ihm.

»Du wirst nirgendwohin gehen. Stell die Tasche hin.«

»Nein! Ich fahre nach Boston. Aber keine Sorge – sie

weiß, wo alles ist. Praktisch ist es ja schon ihr Zuhause. Es wird kein bißchen von deiner kostbaren Zeit verloren gehen. Sie kann ihre Sachen wieder in den Schrank hängen und gleich, wenn ich zur Tür hinaus bin, anfangen, dir lästig zu fallen. Du wirst den Unterschied nicht einmal merken.«

Amy, die einfach nicht mehr länger zusehen konnte, senkte den Blick auf ihren Schoß, was Hope dazu veranlaßte zu sagen: »Oh, da ist sie anderer Meinung. Selbstverständlich ist sie das. Ich hab' gesehen, wie sie liebevoll jedes einzelne Blatt von jeder einzelnen Fassung einer Story streichelte. Sie bildet sich ein, mit ihr gilt hier oben nur noch der Glaube an die Kunst. Ach, wird das schön! Laß sie versuchen, dir zu gefallen, Manny! Soll sie doch mal fünfunddreißig Jahre lang den Hintergrund deines Denkens bilden! Soll sie sehen, wie edel und heroisch du bei der siebenundzwanzigsten Fassung bist! Soll sie dir doch herrliche Gerichte kochen und zum Abendessen Kerzen anzünden! Soll sie doch alles einsetzen, dich glücklich zu machen, und dann dein steinernes Gesicht ertragen, wenn du abends hereinkommst und dich zu Tisch setzt. Eine Überraschung zum Abendessen? Ach, mein liebes Mädchen, das ist nur der Zoll, den er für einen schlechten Tag bezahlen muß, an dem ihm nichts gelungen ist. *Das* bringt ihn auch nicht hoch. Kerzen in den alten Zinnleuchtern? Kerzen nach all diesen Jahren? Wie rührend von ihr, denkt er, wie abgeschmackt, was für ein wehmütiges

Andenken an die Tea-Rooms von gestern! Jawohl, soll sie doch für deinen armen Rücken heißes Wasser in die Wanne laufen lassen, zweimal am Tag, um dann eine Woche lang nicht angesprochen zu werden – geschweige denn im Bett angerührt zu werden! Frag ihn im Bett: ›Was ist denn, Liebling, was hast du nur?‹ Dabei weißt du nur allzu gut, was los ist – du weißt, warum er dich nicht in den Arm nimmt, warum er nicht einmal wahrnimmt, daß du überhaupt *da* bist! Die fünfzigste Fassung!«

»Das reicht«, sagte Lonoff. »Das war gründlich, sehr zutreffend und genug.«

»Deine Papiere streicheln! Oh, sie wird schon sehen! Ich bin in den zwei Monaten 1935 in der Hauptverkehrszeit in der U-Bahn mehr von Fremden gestreichelt worden als hier oben in den letzten zwanzig Jahren! Zieh deinen Mantel aus, Amy – du bleibst! Der Tagtraum vom Hörsaal ist wahr geworden! Du bekommst den schöpferischen Schriftsteller – und ich mach' mich jetzt auf die Socken.«

»Sie bleibt nicht«, sagte Lonoff, abermals mit gedämpfter Stimme. »Du bleibst.«

»Nicht für nochmal fünfunddreißig solche Jahre.«

»Ach, Hopie.« Er legte ihr die Hand ans Gesicht, über das immer noch die Tränen rannen.

»Ich fahre nach Boston! Ich fahre nach Europa! Jetzt ist es zu spät, mich anzufassen! Ich mache eine Reise rund um die Welt und komme nie wieder. Und du«, sagte sie und sah dabei auf Amy hinunter, die auf dem Sessel saß, »*du* wirst nirgendwohin fahren. Du bekommst *nichts* zu sehen. Selbst wenn ihr zum Abendessen ausgeht, falls er alle halbe Jahr einmal geruht, eine Einladung in das Haus von irgendwem anzunehmen, wird es nur noch um so schlimmer sein. Dann wird er dir die Stunde, ehe ihr geht, das Leben zur Qual machen mit seinem Gerede darüber, wie es sein wird, wenn diese Leute anfangen, ihre *Ideen* von sich zu geben! Wenn du es wagst, eine andere Pfeffermühle hinzustellen, wird er fragen, was denn los ist, wieso denn die alte nicht mehr geht. Es dauert drei Monate, ehe er sich auch nur an eine andere *Seifenmarke* gewöhnt, als ob irgendwas Totes auf dem Waschtisch liegt und nicht nur ein Stück Palmolive. Nichts darf angerührt werden, nichts verändert, jeder muß still sein, die Kinder müssen den Mund halten, ihre Freunde dürfen bis vier Uhr das Haus nicht betreten... Das ist es, worin sein Glaube an die Kunst besteht, meine junge Nachfolgerin: in der Zurückweisung des Lebens! Es ist *Nicht*leben, woraus er seine wunderschönen Dichtungen schafft. Und von jetzt an wirst du diejenige sein, mit der er nicht lebt.«

Amy stieß sich von ihrem Lehnsessel hoch und setzte die kindische Mütze mit dem Pompon am Ende der Kordel auf. An Hope vorbeisehend, sagte sie zu Lonoff: »Ich gehe.«

»*Ich* gehe«, rief Hope.

Zu mir sagte Amy: »Ich fahre jetzt, wenn Sie also bis in die Stadt mitgenommen werden möchten...«

»*Ich* fahre jetzt«, sagte Hope zu ihr. »Nimm die lächerliche Mütze ab! Du bist kein Schulmädchen mehr! Du bist siebenundzwanzig! Und dies hier ist offiziell dein Haus.«

»Das ist es nicht, Hope«, sagte Amy und brach endlich in Tränen aus. »Es ist deines.«

Und sie wirkte so gebrochen und rührend in diesem Augenblick, da sie kapitulierte, daß ich dachte: Natürlich hat sie vergangene Nacht nicht das erstemal auf seinem Schoß gesessen und sich an ihn gekuschelt – natürlich hat er sie schon vorher unbekleidet gesehen. Sie haben miteinander geschlafen! Und doch, als ich versuchte, mir E. I. Lonoff ohne seinen Anzug und auf dem Rücken liegend vorzustellen, Amy nackt und rittlings auf ihm hockend, wollte mir das nicht gelingen – wie es eben Söhnen nie gelingt, sich das bei ihren Vätern vorzustellen.

Ich glaube, ich würde den Verstand verlieren, wenn ich so schöne, begabte und becircende Mädchen unterrichten sollte.

Dann sollten Sie das lassen!

Ach, Vater, ist es so – bist du der Geliebte dieser liebeskranken, anbetungswürdigen, heimatvertriebenen Tochter gewesen, die nur halb so alt ist wie du? Im vollen Bewußtsein der Tatsache, daß du Hope niemals verlassen würdest? Auch du erlegen? Ist das möglich? *Du?*

Das Bett? Das Bett habe ich gehabt.

Nunmehr überzeugt, daß das nicht stimmte – daß kein Mensch, keiner jemals wirklich das Bett *gehabt* hatte – klammerte ich mich nichtsdestotrotz an den Glauben, daß es stimmte.

»Du tust, was ich sage!« Wieder Hope, die Amy eine Anweisung erteilte. »Du bleibst und kümmerst dich um ihn. Er kann nicht allein hierbleiben!«

»Aber ich werde nicht allein sein«, erklärte Lonoff ihr. »Du weißt, daß ich nicht allein sein werde. Schluß jetzt, Schluß auch um deinetwillen. Das kommt alles nur, weil wir Besuch gehabt haben. Gesellschaft. Wir haben alle zusammen gefrühstückt, und du hast dich aufgeregt. Jetzt gehen sie alle wieder – und da ist es über dich gekommen. Plötzlich warst du einsam! Du hast es mit der Angst bekommen. Jeder versteht das.«

»Hör zu, Manny, das Kind ist *sie* – behandle nicht *mich,* als wäre ich ein Kind. Sie ist jetzt die Kinderbraut hier ...«

Doch ehe Hope sie noch in weiteren Einzelheiten beschreiben konnte, war Amy an ihr vorbei und zur Haustür hinaus.

»Ach, dieses kleine Luder!« rief Hope.

»Hope«, sagte Lonoff. »Nicht doch. Nicht auf diese Art.«

Aber sie machte keinerlei Anstalten, sie zurückzuhalten. Vielmehr machte auch sie, daß sie mit ihrer Tasche aus dem Haus kam.

Ich sagte: »Kann ich – soll ich irgendwas tun?«

»Nein, nein. Lassen Sie es nur seinen Lauf nehmen.«

»Schön.«

»Beruhigen Sie sich, Nathan. Einer nach dem anderen werden wir uns alle wieder beruhigen.«

Dann hörten wir Hope schreien.

Ich folgte ihm ans Vorderfenster und erwartete, Blut im Schnee zu sehen. Stattdessen saß Hope nur wenige Meter vom Haus im Treibschnee, während Amys Wagen langsam rückwärts aus dem Autoschuppen herauskam. Bis auf die herausquellenden Auspuffgase schimmerte alles draußen sehr hell. Es war, als ob an diesem Morgen nicht eine, sondern zwei Sonnen aufgegangen wären.

Hope sah zu, wir sahen zu. Auf der Auffahrt wendete der Wagen. Dann war er draußen auf der Straße und nicht mehr zu sehen.

»Ihre Frau ist hingefallen.«

»Das sehe ich«, sagte er bekümmert.

Wir sahen zu, wie sie sich mühte, wieder auf die Beine zu kommen. Lonoff klopfte mit dem Knöchel gegen die überfrorene Fensterscheibe. Ohne sich die Mühe zu machen, noch einmal zum Haus zurückzublicken, nahm Hope ihre Tasche, die auf dem Weg lag, wieder an sich, und ging mit vorsichtigen kleinen Schritten auf den Autoschuppen zu, wo sie in den Ford stieg, der den Lonoffs gehörte. Doch das Auto jaulte nur kurz auf, als sie versuchte, den Motor anzulassen;

sooft sie sich auch bemühte, jeder Versuch hatte nur diesen entmutigendsten aller Winterlaute zur Folge.

»Die Batterie«, erklärte er.

»Vielleicht ist der Motor abgesoffen.«

Abermals versuchte sie es; dasselbe Ergebnis.

»Nein, die Batterie«, sagte er. »Das geht nun schon den ganzen Monat so. Man läßt sie aufladen, doch das hilft nichts.«

»Vielleicht brauchen Sie eine neue«, sagte ich, da er offensichtlich jetzt darüber reden wollte.

»Das dürfte eigentlich nicht sein. Das Auto ist praktisch brandneu. Wo fahren wir schon hin – außer in die Stadt?«

Wir warteten, und zuletzt stieg Hope wieder aus dem Auto aus.

»Nur gut, daß Sie Zitrone im Haus haben«, sagte ich.

»Vielleicht.« Er ging hinüber zur Diele und machte die Haustür auf. Ich sah weiter vom Fenster aus zu.

»Hope«, rief er. »Komm jetzt rein. Das wär's.«

»Nein!«

»Aber wie soll ich allein leben?«

»Nathan kann mit dir leben.«

»Sei nicht albern. Nathan geht. Komm jetzt rein. Wenn du wieder ausrutschst, wirst du dir noch was brechen. Liebling, es ist glatt und gräßlich kalt...«

»Ich gehe nach Boston.«

»Wie willst du das denn machen?«

»Zu Fuß, wenn's sein muß.«

»Wir haben fast dreißig Grad unter Null. Komm jetzt rein, wärm dich auf und beruhige dich. Trink eine Tasse Tee mit mir. Dann unterhalten wir uns darüber, nach Boston zu ziehen.«

Bei diesen Worten schleuderte sie mit beiden Händen ihre Tasche in den Schnee zu ihren Füßen. »Ach, Manny, du würdest noch nicht mal nach Stockbridge ziehen, bloß weil die Straßen dort gepflastert sind. Wie könnte ich dich also jemals bewegen, nach Boston zu ziehen? Und was würde in Boston schon anders sein? Du würdest doch derselbe bleiben – es würde eher noch schlimmer werden. Wie solltest du dich in Boston konzentrieren, wo es von Menschen nur so wimmelt? Es könnte dort ja sogar jemand auf die Idee kommen, dich nach deiner Arbeit zu fragen.«

»Dann wäre es vielleicht doch keine so schlechte Idee hierzubleiben.«

»Du kannst ja nicht einmal hier nachdenken, wenn ich in der Küche auch nur Toast bereite – ich muß meinen Toast immer rausnehmen, ehe er hochschnellt, damit du im Arbeitszimmer nicht gestört wirst.«

»Ach, Hopie«, sagte er und lachte ein wenig, »jetzt übertreibst du aber. Mach du die nächsten fünfunddreißig Jahre nur deinen Toast und kümmere dich nicht um mich.«

»Das *kann ich nicht!*«

»Dann lerne es!« sagte er streng.

»Nein!« Sie hob ihre Tasche hoch, drehte sich um

und schickte sich an, die Auffahrt hinunterzugehen. Lonoff machte die Tür zu. Ich blickte ihr vom Fenster aus nach, um zu sehen, daß sie nicht hinfiel. Der Schnee war vom Schneepflug der Gemeinde in der Nacht so hoch aufgetürmt worden, daß sie, als sie in die Straße einbog, gleich verschwunden war. Aber sie war ja auch nicht besonders groß.

Lonoff stand am Dielenschrank und mühte sich mit seinen Überschuhen ab.

»Möchten Sie, daß ich mitkomme? Um Ihnen zu helfen?« fragte ich.

»Nein, nein. Das bißchen Bewegung wird mir guttun nach dem Ei.« Er stampfte mit den Füßen auf den Fußboden auf, um sich der Mühe zu entheben, sich noch einmal bücken und die Stiefel richtig anziehen zu müssen. »Und Sie haben bestimmt auch noch etwas aufzuschreiben. Auf meinem Schreibtisch liegt Papier.«

»Papier wozu?«

»Für Ihre fieberhaften Notizen.« Er zerrte einen langen, mit Gürtel versehenen dunklen Mantel – nicht *ganz* ein Kaftan – aus dem Schrank, und ich half ihm hinein. Dann drückte er sich einen dunklen Hut auf den kahlen Schädel und vollendete damit das Bild des Oberrabbiners, des Erzdiakons, des würdevollen Oberpriesters des ewigen Grams. Ich reichte ihm den Schal, der aus dem Mantelärmel heraus auf den Boden gefallen war. »Sie haben heute morgen eine Menge mitgekriegt.«

Ich zuckte mit den Achseln. »Soviel war es nun auch wieder nicht.«

»Nicht soviel wie was – gestern abend?«

»Gestern abend?« Dann weiß er also alles, was ich weiß? Aber was *weiß* ich denn anderes als das, was ich mir ausmalen kann?

»Ich bin gespannt, wie wir alle eines Tages dabei herauskommen. Könnte eine interessante Story werden. Sie sind in Ihren Sachen nicht so heikel und höflich«, sagte er. »Sie sind ein anderer Mensch.«

»Bin ich das?«

»Das will ich doch hoffen.« Dann, gleichsam als wären damit die Riten meiner Weihe für ihn abgeschlossen, schüttelte er mir kräftig die Hand. »Wohin ist sie auf der Straße gegangen? Nach links?«

»Ja, den Hügel hinunter.«

Er fand die Handschuhe in den Taschen und machte dann nach einem raschen Blick auf die Armbanduhr die Haustür auf. »Es ist, als wäre man mit Tolstoi verheiratet«, sagte er und überließ mich meinen fieberhaften Notizen, während er seinem entlaufenen Ehegespons folgte, das seit nunmehr fünf Minuten auf seiner schicksalhaften Reise war, um sich eine weniger noble Berufung zu suchen.

Henry Miller

Henry Miller wuchs in Brooklyn, New York, auf. Mit dem wenigen Geld, das er durch illegalen Alkoholverkauf verdient hatte, reiste er 1928 zum erstenmal nach Paris, arbeitete als Englischlehrer und führte ein freizügiges Leben, ausgefüllt mit Diskussionen, Literatur, nächtlichen Parties – und Sex. In Clichy, wo Miller damals wohnte, schrieb er sein erstes großes Buch «Wendekreis des Krebses». Als er 1939 Frankreich verließ und in die USA zurückkehrte, kannten nur ein paar Freunde seine Bücher. Wenig später war Henry Miller der neue große Name der amerikanischen Literatur. Immer aber bewahrte er sich etwas von dem jugendlichen Anarchismus der Pariser Zeit. Henry Miller starb fast neunzigjährig 1980 in Kalifornien.

Eine Auswahl:

Insomnia oder Die schönen Torheiten des Alters
(rororo 4087)

Frühling in Paris *Briefe an einen Freund*
Hg. von George Wickes
(rororo 12954)

Joey *Ein Porträt von Alfred Perlès sowie einige Episoden im Zusammenhang mit dem anderen Geschlecht*
(rororo 13296)

Jugendfreunde *Eine Huldigung an Freunde aus lang vergangenen Zeiten*
(rororo 12587)

3254/2

rororo Literatur

Liebesbriefe an Hoki Tokuda Miller
Hg. von Joyce Howard
(rororo 13780)
Die japanische Jazz-Sängerin Hoki Tokuda war Henry Millers letzte große Liebe. Seine leidenschaftlichen Briefe bezeugen die poetische Kraft und Sensibilität eines der großen Schriftsteller des 20. Jahrhunderts.

Wendekreis des Krebses
Roman
(rororo 4361)

Wendekreise des Steinbocks
Roman
(rororo 4510)

Tief im Blut die Lockung des Paradieses *Henry Miller-Lesebuch*
Hg. von Heinrich Maria Ledig-Rowohlt
256 Seiten. Gebunden.

Der Engel ist mein Wasserzeichen *Sämtliche Erzählungen*
Deutsch von Kurt Wagenseil und Herbert Zand
352 Seiten. Gebunden.

Ernest Hemingway

Ernest Hemingway, 1899 in Oak Park, Illinois, geboren, setzte sich früh in den Kopf, Journalist und Schriftsteller zu werden. Als Korrespondent für den «Toronto Star» arbeitete er in Paris, wurde des «verdammten Zeitungszeugs» überdrüssig und begann, Kurzgeschichten zu schreiben. 1929 erschien «In einem andern Land» und wurde ein durchschlagender Erfolg. Hemingway reiste durch Spanien, unternahm Jagdexpeditionen nach Afrika, wurde Kriegsberichterstatter im Spanischen Bürgerkrieg. 1954 erhielt er den Nobelpreis für Literatur. Sein selbstgeschaffener Mythos vom «Papa», seine Krankheiten und Depressionen machten ihn schließlich unfähig zu schreiben. Am 2. Juli 1961 nahm er sich das Leben.

Von Ernest Hemingway sind im Rowohlt Taschenbuch Verlag u. a. lieferbar:

Gesammelte Werke *10 Bände in einer Kassette*
(rororo 31012)

Der Abend vor der Schlacht
Stories aus dem Spanischen Bürgerkrieg
(rororo 5173)

Der alte Mann und das Meer
(rororo 328 und in der Reihe Großdruck 33106)

Fiesta *Roman*
(rororo 5)

Der Garten Eden *Roman*
(rororo 12801)

rororo Literatur

Die grünen Hügel Afrikas
(rororo 647)

In einem andern Land *Roman*
(rororo 216)

Reportagen 1920 – 1924
(rororo 12700)

Schnee auf dem Kilimandscharo
6 stories
(rororo 413)

Im Rowohlt Verlag ist u.a. erschienen:

Die Stories
Deutsch von Annemarie Horschitz-Horst
500 Seiten. Gebunden

Ein Gesamtverzeichnis aller lieferbaren Titel von **Ernest Hemingway** finden Sie in der *Rowohlt Revue*. Vierteljährlich neu. Kostenlos in Ihrer Buchhandlung.

3236/3